異邦と石川啄木

ケース・スタディ

藤澤全 著

春陽堂書店

序に代えて

文学の道へ――学窓を離れて上京・帰郷の意味

周知のように、石川啄木は盛岡中学校を卒業せず、確たる目途のないままに上京した。そして、およそ三ヵ月にわたって懸命に過ごし、刻苦の帰郷となった。周囲の者には、わかりにくいことだったようだ。しかし彼は、才気煥発・文学志向の〝初々し戦士〟たりえ、知友たちとの友情を大切にしつつ孤独に耐え、希望の嶮しいトンネルの先の〝光〟に向かって進む……。彼は目的実現のために、青春を賭けたのであった。

これについては、幾多の先行研究（目的挫折＝敗者といった総括も）[1]が存在する。しかし、著者の場合、かねて独自に発言してきたことでもあり、これから述べる所見をもって、確言するものである。ちなみに、ほぼ三ヵ月という短い期間だったが、東京にあって啄木は、雑誌「明星」の関係者や外国作品、また耳学問等に接し、むさぼるように吸収・執着するところがあった。

・与謝野鉄幹から「和歌も一形式には相違なけれども今後の詩人はよろしく新体詩上の新開拓をなさざるべからず」と教えられ、高山樗牛の詩人観と結びつけつつ噛み砕いて考え、探し求めていた己の文学的方向に、ある種の確信をえた（不安まじりの、文学的チャレンジジャーとしての自己を確立した）。
・在京前半期の、集中的な英書閲読によって、かなり高い英語の読解力を養っていた。
・帰郷にそなえC. A. Lidgeyの『Wagner』（二円三五銭）を入手していた。
・在京中にA. L. Ward ed.の『Surf and Wave』（副題略）を知り、自己の詩作の一つの足場となりうると、その入手に執着をもった。
・刻苦の体験を通して人生の深淵を感じるところとなった。

あえて検証するならば、右のように整理がつくであろう。文学という漠たる目的のために、感覚を研ぎ澄まして知界をひろめ、人と出会い、図書館で過ごし、書店をも覗いて外国書等の情報を仕入れ、語学を独習するなど、すごい頑張りようであった。そうした執念を体してのことであったから、帰郷後の活動は賑々しい。

さほど経たないうちに、啄木は『Wagner』の研究を開始した。小型の英和辞典を片手に原書と向き合い、とにかく困難を克服していく。そして、読み終えると直ちに評論「ワグネルの思想」を執筆。その稿を「岩手日報」へと送り、首尾よく七回（明治三六年五月三一日〜六月一〇日）にわたって同紙の紙面を飾った。ペンによる共同体へのデビューであった。また、タイミングよく「太陽」（明治三五年六月）に載った、高山樗牛のエッセイ「海の文芸」(2)に誘われるように、海の詩に執着を強め、在京中に見定めていた『Surf and Wave』を手許に置いている（この海の詩集に関する受容問題については後述）。

このようにして啄木は『Wagner』に親しみ、続いて『Surf and Wave』の受容に集中して、西洋の叙事・叙情に触れ、とりわけ詩人としての思想的・方法的に独創を考える、その一人舞台を踏む……。行為としてのそれは、外国作品を身体感覚で受け止め（書写し）感じる、孤独の鍛錬情況にあった。で、詩域においては、与謝野鉄幹が言ったところの、「新体詩」の可能性を含む、創作上の新趣・独創のための土台を確かなものにした、ということである。

如上を以て総括するならば、いまだ世間の人たる〈石川一〉が、まずは雅号〈啄木〉として詩壇へと向かった、換喩しての〝敗者復活・勝ち抜き〟という、辛苦の脱兎部であった。ゆえに、自室のある宝徳寺一帯が、揺籃の庭から文学発揚という愉悦空間へと意味まで一変。「身を立て、名をあげ、やよ励む」という時代の精神訓とも対応せる、その文芸コースを助走する姿は、なんとも劇的である。

これより啄木は、明治三〇年代末の詩壇へとジャンプする。そして、いよいよ多彩に歩み、とりわけ短歌と評論の分野で大活躍するも、大正の幕開けを見ずに白玉楼中の人となった。その短い活躍期間を思うにつけ、いま見てきたところは〝天才〟誕生のための、火花のような前奏部でもあった。

ならば、これよりどんな歩みとなっていたのであろうか。引き継いでのそれを、いくつかの観点のもと、方法的に工夫しつつ、ケース・スタディを進めたいと考える。

注

（1）平成四年一一月二四日、国際啄木学会（於・立命館大学）で「文芸コースの助走者――石川一、刻苦の帰郷の意味」と題して研究発表。

（2）約三〇〇字から成るエッセイで、主旨は「海国の日本に海の詩人と云ふものが無いのは如何した訳であらうか……後に来る文芸の士に対する吾人の希望として読者の注意を求むる」というもの。

『異邦と石川啄木　ケース・スタディ』目次

第三章　拡大せる創作の諸相　47

第一章　ポエットとして自己確立

一、英詩集『Surf and Wave』受容——ノート「Ebb and flow」作成

若き日の啄木は、懸命に英書の世界をさまよった。このことは「秋韷笛語」「甲辰詩程」を含む日記、および、友人宛書簡類によっても明らかである。一応の語学力と、期するところがあってのことながら、その切磋琢磨する姿に事情を挟めば、本人の頑張りは、同級生と一緒に歌えなかった式歌「あおげば尊し」（明治一七年制定）の、とりわけ「身をたて、名をあげ、やよ励めよ」の一節の精神をふまえた頑張りの、換喩めく姿にほかならない。注視が及ぶ理由である。

いま、英書『Surf and Wave : The Sea as Sung by the Poets』に特化するのだが、この海の詩集に対する集中ぶりは凄い。ちなみにこの刊本は、A・L・ワード女史が編集し、F・H・ハイドン女史による飾り絵を随所に挿入。世界各国の海に関する叙情詩三五二篇を収めた、四六判六一八頁から成るアンソロジーで、一八八三（明治一六）年、ニューヨークのT・Y・クロウエル社の出版リストに載った。たちまち内外に知られ、日本では、外書を扱う丸善の書店に並んだが、早々に売り切れた模様である。

これを知った啄木は、入手を希望したらしいのだが叶わず、帰郷後の入手となった。（恋人の堀合節子の協力があったものか……）。とにかく帰村八ヵ月後には、机上にあった。しかして彼は、

心に留まった作品を適宜に訳出。その一部を友人に宛てた書簡に認める一方、イギリスの詩二六篇、アメリカの詩八篇、ドイツの詩三篇、イタリアとアイルランドの詩各一篇、それに匿名の詩二篇、合計四一篇をノートに書き写し、詩稿ノート「Ebb and Flow」を作成した[1]（後半の余白頁を創作詩ノートに兼用）。

以上の結果、英詩集『Surf and Wave』は、詩稿ノート「Ebb and Flow」の原拠となった（役割の終了後は身辺から後退）。これより書き写しノートが主役となって、彼の膝下を温める……。と同時に、筆録自体がスタディの意味をなしたと言うべく、詩型からポエジィの按配の微妙なるところを感得しつつ、己が創作の〝新世界〟へと飛び立って行った。

結果は自明。然り《詩人啄木》の誕生を促したのであった。周知のように、それまで彼は、「岩手日報」に評論を、「明星」に短歌を投稿していたが、詩の領域に立ち入ることがなかった。その彼が、筆名〈啄木〉でもって新趣のソネット「愁調」五篇を、「明星」明治三六年一二月号に発表。詩作者としての第一歩をしるす。そして、三五日間かけて本邦の伝統的なリズムを超克。ついに四四四六調、三連四二行からなる長詩「沈める鐘」を仕上げ、翌年四月の「時代思潮」に発表した。

この新趣の作は、時空を超えての、大いなる事情のもと「劫初の海」に沈んだ「生と法《のり》の進みを宣りたる無間の巨鐘」が、今も「海底」から美しく鳴り響き、人々に啓示と勇気を与えてくれる、といった設定で、詩情豊かなロマンの世界となっている。実はこれ、ノート「Ebb and Flow」の一〇番目に転写の「VINETA」(2)(ドイツの詩人W・ミュラー原作、米人S・ダフィールド英訳)のプロットをふまえた、時間と空間と伝承を自在にした、超絶の幻譚世界そのもの。これをもっての創作であったが、詩的事象としての〝沈める鐘〟が、主題かつストーリーたたしめており、これなる作りに啄木は、気持ちを込めていたらしい。処女詩集『あこがれ』の巻頭に据えた理由と思われる。それだけではない。派生的に「鐘の歌」三篇＝「暁鐘」「暮鐘」「夕の鐘」を作り、同年四月の「明星」に発表、詩集作品としたのであった。

採録した英詩の他からも、たくさんの咀嚼をしている。たとえば、詩「荒磯」(同ノートに記載の詩「魂よ沈め。」が原型)には、シェイクスピアの「From "King Richard III"」を基軸に、C・H・バイロンの「From "Don Juan"」、M・アーノルドの「Dover Beach」、W・ミュラーの「VINETA」、A・テニスンの「The Voice and the Peak」などからの、部分的もしくは暗示的なものが投影していよう。「愁調」五篇中の「杜に立ちて」には、J・キーツの「On the Sea」などの、「白羽の鵠船」には、J・イングローの「Sailing Beyond Seas」などの、「啄木鳥」には、「VINETA」などとの関わりがあるとなるのである。また、「楽声」には、R・W・ギルダーの「Listening to Music」にとるところが認めらよう。

他にも指摘できるが割愛する。如上の実体から窺いうるように、啄木は、当該の英詩集からさまざまに吸収して、詩業につなげていたことが、浮き彫りとなるのである。

処女詩集『あこがれ』に収められなかったが、七五調の短詩「北の海」にも注意がおよぶ。これは、同ノートの二番目に筆録の詩、M・アーノルドの「Dover Beach」の、タイトル上部の余白に荒々しく、鉛筆にて認めてある（後章にて掲出）。その英詩からイメージを汲み、さらに体験感覚をしのばせての、詠みの契機を「Dover Beach」においた、その限りでの半二重創作といえようか。あらたまった場所にきちんと清書されたわけではないので、本人とすれば、後日の構想につなげるつもりであったのであろう。

紐解いた「Dover Beach」には、いつまでも心牽かれるものがあったようだ。後日＝明治三九年三月二七日の「日記」に、原作「Dover Beach」の第二連の全行を書き写していることによっても、察しがつくのである。同じく「日記」とのつながりで言えば、その二年前の七月二一日の欄に、D・G・ロゼッティの「The Sea -Limits」の全体が、書き写されている。そのうちの第一連と第四連の各一部が、詩「落櫛」の詩界に生かされている、との洞察となるところである。

啄木は「Ebb and Flow」の換喩〝人生の浮き沈み〟に感応しつつ、私選筆録ノートを作成し、自己を鍛えて《詩人》として自立した。そして、颯爽と中央詩壇へと躍り出たのであるが、その端緒が『Surf and Wave』との出会いがあったということ……。訳読の厳しさを乗り越えての所業とて、努力の凄さまでが際立つのである。

注

（1）詩稿ノート「Ebb and Flow」の存在が知られ、そこに筆録をみている四一篇の英語詩の原型を、初めて目にすることになったのは、これが筑摩書房版『石川啄木全集』第二巻詩集（昭和五四年六月）に収められたことによる。この発見・収載により、啄木のロマンチシズムが、それら欧米型のものとの際会と無縁ではなかった、ということを確かめる手掛かりともなす。

（2）原作の「VINETA」は、昔バルト海岸にあったが、海中に沈んだと称せられる、伝説的な商業の町 Vineta の悲譚を以っての想案で、二部立て・二四行（四句三連の繰り返し）という構成法をとっている。以下に、原作の一端を掲げ、詩行の趣きに出会っておきたい。

From the sea's deep, deep unfathomed distance,
Evening bells are chiming faint and low,
Telling us, with sorrowful insistence,
Of that fairest town of long ago.

〔大意：海の深い深い底知れぬ隔たりから、夕暮れの鐘の音が微かに低く響いている。悲しげな調子で、かつてのあの美しい町について、われわれに語りかけている〕

右は第一部の冒頭である。啄木は、作中の具象「bells」に「鐘」の訳語（ここでは単数か複数かは曖昧）を当てた。そして、これを叙情の核として「沈める鐘」を創作。さらに「鐘」をテーマに、三連作（「暁鐘」「暮鐘」「夜の鐘」）を紡ぎ、また、適宜に素材・イメージの飛躍につなげて、己が営為の世界を豊かたらしめている。

二、処女詩集『あこがれ』出版——詩人としてデビュー

詩作を始めて一年七ヵ月、啄木はついに処女詩集『あこがれ』の刊行をみた。明治三八年五月のことである。おりから日露戦争が大詰めを迎えつつあり、ロシアつながりでは、トルストイの最後の長編『復活』（一八九九年）が、内田魯庵訳で「日本新聞」の小説欄を賑わし始めていた。一方で、近代詩歌の浪漫開花を誘導する土井晩翠らの活躍があり、さらに文化摂取の形で、人間の外界・内界を表現する新しい考え方＝ゾライズム[1]が潮流化しつつあった。このとき啄木は満で一九歳。いわゆる詩人の輪郭をなせる、生活不安定な旅立ちとなっている。

この詩集の構想は、日露開戦の頃からのもので、数ヵ月後、仮題「天の旅」としてノート形で始発した。で、三〇篇ほど留ったところで「沈める鐘」と改題。そのタイトルの元とせる詩「沈める鐘」を序詩として巻頭に据え、以後に成せる作を順次加えて、五一篇に達したところで、これを持って上京。出版先を探すも首尾よくいかず、戸惑っている間の作を加えた、七七篇でもって全体の構成をはかった。その間に、与謝野鉄幹の後押しがあり、上田敏から祝詩「啄木」を頂く。その中に「噫、あこがれの其歌よ」とある詩句に反応。書名を「あこがれ」と改め直した。上田敏への敬意と、一巻の青春性を十分に考量しての措置であったと思われる。

むろん、手持ちの資金は皆無。売れることを見越しての計画とて、難産が予想されたが、運よく同郷のつながりで、先輩の小田島尚三・小田島嘉兵衛が協力。この兄弟が発行名義人となり、日本海海戦の勝利で湧くなか、東京の小田島書房から出た。巻頭に上田敏の詩(2)を、巻末に与謝野鉄幹の跋(3)を収め、ともども重々しい。装丁は同郷の石掛友造が担当。四六判、本文二八六頁から成り、扉の裏に「此書を尾崎行雄氏に献じ併て遥に故郷の山河に捧ぐ」との献辞(4)を擁している。

収録作品は、明治三六年一一月上旬から、翌年三月一八日までの間の作となっている。そのうち未発表作品は三篇。あとは「明星」に二九篇、「時代思潮」に二二篇、「白百合」に一一篇、「太陽」に六篇、「帝国文学」に三篇、「はがき新誌」に二篇、「暁星」に一篇という具合に、一度は適宜に読者の目にふれたもの。もとより再推敲しての収載となっており、青春の矜恃を彷彿とさせている。

形態は、すべて文語定型詩の枠内にあり、一定の句数による韻律——五音と七音の組合せを基調とするも、四四四六調、五六六調、四音と六音、五音と六音、七音と四音と五音などと多彩。どことなく西欧の詩歌の影響をとどめる、自分風の〝新体詩〟としての斬新性に富む。詩集は、おおむね作品の成った順に配列の形をとっている。

収められた作品は、必ずしも相互に脈略し合ってはいない。しかし、イメージの構築の上では、そこに幾つかの団塊を認めることができる。最も顕著なるところは、冒頭部の一連で、とりわけ「杜に立ちて」「白羽の鵠船」「啄木鳥」「隠沼」「人に捧ぐ」「楽声」などには、与謝野鉄幹からから、「蒲原有明の新調＝四七六調よりも有望だと褒められた」ところの、四四四六調ソネットの詩型をとり、現下の恋愛＝堀合節子との恋愛感情が色濃く反映。青春の気分をより昂揚させ、詩集の全体に一定の流れをもたらしている。

また叙情を並べ立てるに、大きなテーマでもって括る方法を交えている。すなわち、中ほどに配置の「我なりき」「閑古鳥」をもって「偶感二首」とし、「黄金向日葵」「我が世界」「黄の小花」「君が花」「浪は消えつつ」「柳」「愛の路」「落ちし木の実」「秘密」「あゆみ」までの一〇篇は「秋風高歌」の題でもって括ってある。そして、「電光」「祭の夜」「暁霧」「落葉の煙」「古瓶子」「救済の綱」「あさがほ」までの七篇には、その関心事が、内側への焦点合わせとなる「心の声」としてある。月並みな作法・構成とは真逆である。

各々の詠い出されている世界には、それなりに《筋》がある。いまそれを、作柄の形質において弁別すると、『あこがれ』の内実は、

*

①作者自身の恋愛感覚の描出
②共同体からの詩情の汲み出し
③地方の伝承譚をもっての再話
④異郷譚の幻想的な応用
⑤ヒューマニズム（人間の運命への想い）

——以上の五つのタイプ分けとなる。事例で示せば、詩「いのちの舟」（堀合節子との恋愛感覚）は①型。詩「鶴飼橋に立ちて」（渋民村の裏山に在っての感懐）・「落瓦の賦」（盛岡の報恩寺境内における感懐）は②型。詩「錦木塚」（秋田の鹿角地方の伝承＝謡曲「錦木塚」をもっての創案）は③型。詩「五月姫」（旧約聖書の「雅歌」句の混在変容）・「めしひの少女」（アンデルセン『即興詩人』による起想）は④型。そして詩「マカロフ提督追悼の詩」(5)（逝ける敵将へ献詩）は⑤型ということになる。

＊

『あこがれ』の詩人という栄光の影に、そこへと至る日常実態＝バックヤードは、尋常ではなかった。父親の失職（宝徳寺住職解任）問題を抱え、間もなく父親によって、恋人節子との婚姻届が村役場へと出されてもいく。甘美な陶酔に浸るどころではなかった……。にもかかわらず啄木は、アイデンティティの苦慮をものともせず、詩集刊行という勝利感を、生命の自信につなげた。そして新進気鋭の詩人として、堂々と折からの詩壇に向かってアピールしていく。

前後して詩歌の世界に、島崎藤村の『藤村詩集』、与謝野鉄幹・晶子夫妻の『毒草』、薄田泣菫の『二十五絃』、蒲原有明の『春鳥集』といった具合に、注目作の出現があいついでいる。しかして『あこがれ』は、そうした流れの中への参入であったが、周囲の反応は好ましかった。たちまち〝天才詩人〟の出現との声がかかった。雑誌「明星」の論客・平出修は「……此の年少詩人の想像力は、我等寧ろ今の世の驚嘆に価するを思ふ（……）啄木の自ら選択せし語彙は甚だ豊富にして、遒麗《しゅうれい》、清新……」と書いて、彼を前面的に押し出した。大評判になったということである。

ただし、文学史的評価は微妙と言うべく、二〇余年を経た頃であったが、日夏耿之介は『明治大正詩史』（昭和四年）の中で「早熟少年の模倣詩集にすぎない」との裁断を下した。しかし、これまで見て来た諸々をふまえた上でのことだが、明治三〇年代の文芸諸状況下に成ったという事実をふまえ、その時点での詩集として『あこがれ』は、名誉を保障されるべきであろう。

*

だが、『あこがれ』を渾身の作としてきた本人とて、時代の変化、文学環境をめぐる情況の変化の中で、自ずと気づくものがあったらしい。たちまち環境の一変があって、いわゆる自然主義文学が声高に叫ばれるようになり、その時、北海道の釧路に在った啄木は、親友の宮崎郁雨に宛てて「自然主義といふ傾向の勃興した……」云々と手紙（明治治四一年二月八日付）に認めたように、東京の空が文学的に自然主義に染まって行く様子を察知し、思惟を深めている。

そして、東京に出て新聞社に職を得、再びペンを執り出す頃には、文学に対する考え方をさらに進化させ、過去の自分を厳しく裁断していく。そうした中で、感想・回想文「弓町より（食ふべき詩）」を執筆。寄稿先の「東京毎日新聞」明治四二年一一月三〇日（連載一回目）に、かつての自作『あこがれ』を省みて、次のように——

以前、私も詩を作つてゐた事がある。十七八の頃から二三年の間である。其頃私には、唯詩の外に何物も無かつた。朝から晩まで何とも知れぬ物にあこがれてゐる心持は、唯詩を作るといふ事によつて幾分発表の路を得てゐた。さうして其心持の外に私は何も有つてゐなかつた。——其頃の詩といふものは、誰も知るやうに、空想と幼稚な音楽と、それから微弱な宗教的要素（乃至《ないし》はそれに類した要素）の外には、因習的な感情のある許りであつた。自分で其頃の詩作上の態度を振返つて見て、一つ言ひたい事がある。それは、実感を詩に歌ふまでには、随分煩瑣な手続を要したといふ事である。譬《たと》へば、一寸した空地に高さ一丈位の木が立つてゐて、それに日があたつてゐるのを見て或る感じを得たとすれば、空地を広野にし、木を大木にし、日を朝日か夕日にし、のみならず、それを見た自分自身を、詩人にし、旅人にし、若き愁ひある人にした上でなければ、其感じが当時の詩の調子に合はず、又自分でも満足することが出来なかつた。

と総括したのであった。己が若き日の作法や作品に反省を加え、愛着があるのを伏せて『あこがれ』の世界を遠景化し、当時の詩作の手の内を明かしたのであった。しかし、そのように過去部に厳しい言葉を添えようとも、『あこがれ』の文芸性に変わりはない。それどころか、文学史上に存在を主張し、しかと意味を投じているのである。

それにしても劇的だ。華々しくデビューするも、四年数ヵ月後、生みの親によって自作が〝不出来の子〟とされてしまったわけで、これも啄木自身の文学的成長によったとはいえ、皮肉である。文芸思潮の急転換期に、呱々の声を上げた運命の子『あこがれ』だが、決して輝きを失わない。文学を志向して青春を賭けた啄木が、たちまち〝天才詩人〟として名をなさしめた、その凄いところを知らしめる、奇蹟の一作。それが『あこがれ』であった。

＊

「あこがれ」というタイトルの由来については、すでに指摘済みだが、この〝思いこがれ、理想として思いを寄せる〟といったイメージ語の背景に、当時一七歳同士であった啄木と節子の間の甘美な恋愛感情、愛の繊細なニュアンスが沈着している。少し踏み込んでみるならば、そこには、プラトン流に「愛」はイデア界の一つの価値美たる契機(形而上的世界の暗示)を有すとなり(ローマの恋愛の神的か)、最高の純粋な愛は美のイデアに対する〝あこがれ〟だとする、その甘美な審美性が伴っていよう。

上田敏から詩「啄木」を贈られた結果の処方だが、この祝いの序をものす際に、上田敏は、おそらく出版原稿の全体に目を通したであろうから、「噫、あこがれの其歌よ」と詠んだ裏には、驚きと納得があったに相違ない。そのような上田敏の美意識が、啄木をして自らの青春譜を特色づけたとなるのであろう。あらためて上田敏の〝勘所の確かさ〟にも、留意が及ぶところである。

注

(1)フランスの小説家エミール・ゾラ(一八四〇~一九〇二)の名に由来する文芸理論。自然主義。人間が遺伝と環境=周囲の情況と社会環境という存在下にあるゆえ、小説家は、観察者として見たままを示し、実験者として諸現象が決定性の要求する通りの結果になることを示す方向性が肝要という考え。クロード・ベルナールの『実験医学序説』（一八六五年）に示唆されての提唱とされる。

（2）上田敏の寄稿詩「啄木」は、三連三四行からなり、五音・七音・四音と適宜に入り混じった自由詩。当該詩集稿を成せる啄木を称えるに、山野に生息するキツツキ、つまり〝啄木〟を比喩として当て、さらに、謡曲「善知鳥《うとう》」というタイトルの視覚イメージを重ねて、それなる顕彰詩に「啄木」なる表題を施したもの（善知鳥は海鳥で、陸奥国外ヶ浜にいたという）。

（3）跋文に回った与謝野鉄幹は、「石川啄木は年頃わが詩社にあって、高村砕雨・平野万里など云ふ人達と共に、いといと殊に年わかなる詩人なり。（……）人見て驚かぬかは」と書いて啄木の宣揚につとめている。

（4）献辞は、内扉の裏側に小さく掲げられてある。尾崎行雄とは、当時の東京市長のこと。しかし、何の縁もゆかりもなかった（風説に、啄木は予定原稿を持って同市長をたずねたが、面会すらかなわなかった、というのがある）。

（5）帝政ロシアの海軍将校ステパン・オシポビチ・マカロフ（一八四九～一九〇四）。海洋学者としても著名。日露戦争開戦後、極東艦隊司令長官となったが、旅順港外で旗艦ペトロパブロフスクと共に爆沈、運命をともにした。なお、啄木は、作中で「ああ休んぬかな。歴史の文字は皆／すでに千古の涙にうるほひぬ」（第八連）と嘆じている。これ、戦争とヒューマニズムを思索し、死によって区切られた道程の奥に、音にならない極限の旋律を感知しながら、挫折の苦さと自己の距離を測りつつ、鋭く歴史に切り込んでいる。文明論的なアフォリズムであり、一作のポエジーの核をなす。

第二章

第二詩集の構想——「新弦」から「呼子と口笛」まで

1、視界を開く

自我の絶対の告白を詠った旋律が聴え、一貫せる企ての跡に出会っていながら、われわれは、啄木の文業に対する一つの視点を、欠いてきたのではあるまいか。いま短歌の領域を除くと断っておかねばならないが、その精神と感性による詩的表現のあとの、結果として生じた詩集意識のうち、すくなくとも処女詩集『あこがれ』以後の、筆を執り得た六年間に、六種類におよぶ詩集の構想＝「新弦」「死の勝利」「黄草集」「ハコダテの歌」「あこがれ以後」「呼子と口笛」の構想が、順次存在したことに対して、これを一括しての俯瞰が行われてこなかった。

これらは、啄木の生前に詩集として誕生をみず、後日に判ったものばかりであるが、例えば「黄草集」が、「新弦」「死の勝利」両集の頓挫によって『あこがれ』に続く詩集として構想されていたように、「新弦」から「呼子と口笛」までは、漸次、第二詩集の位置に繰り上がって構想されていたわけである。しかしながら、現存の形をなすのは、詩稿ノート「黄草集」と「呼子と口笛」だけである。他の「ハコダテの歌」と「あこがれ以後」は、途中で詩稿ノートが紛失し、「新弦」と「死の勝利」にいたっては、詩集の作成段階すら明確とはなっていない。

もとより、啄木の人と文学を考える上での重要な基礎部とて、その茫々たるところを見据え、各々の実体の把握に努める必要がある。で、開けるスカイラインのもと、所与のカオス部＝

「新弦」から「呼子と口笛」へと移ろった経過と内実を順にたどり、それなる第二詩集の構想の検証・把握につとめたいと考える（啄木という稀有のポエットの、歩みの未達の回廊へと分け入るとしよう）。

2、近刊予告「新弦」

さて、初出の「新弦《にいゆづる》」であるが、これまで話題には上らなかった。だが、構想自体は『あこがれ』の巻末広告＝「近刊予告」として告知されている。すなわち「石川啄木著『新弦』（四六判洋装美本）」とあって「目次」がつき、「北海の詩・深林・生命環・雑詩数十篇」とあり、次の説明文が添えられている。

これ『あこがれ』の著者が第二の詩集也。《北海の詩》は著者が甲辰の秋北海に遊べる時の紀念にして、「津軽海峡」「ヘレーン号の甲板」以下十二篇の詩を集め、《深林》《生命環》の二篇は何れも二千行以上の雄篇、日本詩壇空前の象徴詩なり。その他雑詩数十あり。著者が詩業の発展、この書に於て更に眩目《げんもく》すべきものあらむ。乞ふ。新弦弓に上つて一鳴するの時、白羽の長箭《ちょうせん》何れの天に飛はむとするかを見よ。

このようにある。これによって「新弦」の構想の存在はもとより、予定の中味までがわかるようになっている。「北海の詩」一四篇、「二千行以上」の「深林」と「生命環」、および「雑詩数十篇」とあり、きわめて具体的。「日本詩壇空前の象徴詩」との気炎も凄い。空前絶後の巨篇を構想していたと知れる。ならば作品が作られていたのか。当然検証のおよぶところだが、明確さを欠く。しかし、現在の非在をもって「新弦」の構想の否定とはならない。むしろ作品の一部が出来ていたらしい、と考えた方がよさそうだ。親しい友人に宛てた手紙に、それらしく示唆するものが認められているからである。

すなわち一は、盛中時代の友人小沢恒一に宛た手紙による。

陸奥丸に投じて海波平穏、津軽海峡を渡り、函館の埠頭に上りて初めて北海の人となり(……)独逸船へレーン号に便乗して徐ろに巴湾頭を出で、海上二十時間、船首幾度か北転して、浩洋たる秋光北溟の上に第四日を明かし(……)姉が家に辿り着き申候。(……)ヘレーン号にて、彼ら船員の独逸人や水夫の支那人らと、破格なる英語にて会話したるは誠に痛快に候ひき。(……)北海の詩幾篇御土産に致すべく候。

(明治三七年一〇月一一日付)

と書いていること。

その二は、郷土の先輩金田一京助に送った手紙の文面による。そこにも「渡島・後志・胆振の山また海、我をして送迎に遑なからしめたる蝦夷が島根の詩趣は我これを携へて、都門兄に逢ふの日の土産とせん」(明治三七年一〇月二三日付)とあること。

——これらの書簡文面から、初の北遊旅行中に「北海の詩幾篇」を成したらしいこと、そして「津軽海峡」と「ヘレーン号の甲板」の二篇だけでなく、さらに「深林」および「生命の環」と題せる各「二千行以上の雄篇」も仕上っていたかもしれない、とさえ思われるのである。構想の契機からみて、もし仕上がっていたならば、それなる詩界は《海のイメージ》で満たされ、壮大な立体空間に身を置く〈われ〉の、感慨をも包括しての思惟風の叙事的新詩界が、開けていたのではなかろうか。

しかして気になるのが、如上の経過の近接するところに、そっと形を異にして書き置かれている、鉛筆書きの詩「北の海」の存在である。詩稿ノート「Ebb and Flow」から、当該部を取り出してみよう。

北の海

月に染めたる白き砂に
海よしなやかよせくれば

浪は花さく長き浜の
青きさびしみいともひくや
たえま〳〵に永劫を刻み
ふるふ調べに寒き潮の
脈を搏つなり。七日月や
泣きて落ちゆく海の凄み。
あはれ我身をよせて抱き
捲きてはなたぬ北の海よ

——このようにある。記載のある場所から察して、主想がM・アーノルドの「Dover Beach」によったと知れる。だが、それは前半の五行までが顕著……。後半の五行には、さらに底知れぬ怖さを抱懐。それが臨場感あふれんばかりの表現となっている。このリアリティーの獲得は、すでに啄木がデジャービュならぬ、実際に肌で感じるものがあったからこそ、可能であつたとなるのである。

ちなみに明治三七年一〇月の、本人の初北遊旅行を重ねて見ると、「月に染めたる白き砂に」で始まる波打ち際の情景、「七日月」の架れる様子、大しけ、北海での旅情等々、短詩「北の海」に宿せるものは、そっくりそのまま北遊時の自身が出会い、心情化していたものであったようだ。たとえば、「七日月」にしても、これが天空を渡った一〇月一六日の夜[1]、啄木は函館の海辺に佇み、存分に七日月を眺めることが可能だった。また、翌日は天候がくずれ、シケ模様の中を出航した連絡船は「万畳の波丘突如として無間の淵谷と成る」なかを「一上一下さながら白楊の葉の風にひるがえるが如く」翻弄された。はじめ客室にいた彼は、やがて船首に出て、「白浪の戦叫」を凝視し続けたという（エッセイ「閑天地」の「我が四畳半」参照）。

　このようなことなので、鉛筆書きの詩「北の海」は、「Dover Beach」のイメージに、自らの渡海にまつわる臨場体験を融合させての、新しい叙情の試みであったとしれる。その創作は、北遊旅行を終えて在宅中。すなわち、一〇月一九日に帰宅し、同月末に処女詩集の原稿を抱えて東京しているので、その間の創出であったと考えられる。当然、次なる「新弦」の構想の内にあったろうから、これなる構想の頓挫は悲運。――どうして日の目を見なかったのか。大方のところ、すでに生じている生活基盤の崩壊＝父一禎の失職による生活基盤の崩壊、それによる諸々の負荷がかかって、とうてい自前で出版費用を調達できず、かといって誰かからの援助があるわけでもない、といった塞がりの中で、中断・断念にいたったものと思量せられる。本人にとっては苦い味となったことであろう。

3、近刊予告「劇詩集『死の勝利』」

ようやく旅立たせた『あこがれ』の巻末に、啄木は、併せて、もう一つの夢を「近刊予告」していた。劇詩集『死の勝利』である。作者自身と切り離せる人物を主役とし、その者の旅路における遭遇心事譚を、相手側との共応を交えて場面構成をはかるという、芝居小屋（劇場）仕立ての空間劇たらしめようとした、野心作をもくろんだものらしい。当該の「近刊予告」には、次のようにある。

石川啄木著　劇詩『死の勝利』（四六版洋装美本　近日発行）
詩壇革新の風雲、凝つて茲に劇詩『死の勝利』成りぬ。幕をわかつ事五、すべて韻文を以て書かれたるもの也。見よ、これ日東国民の内部生命の絶叫也。身よ、これ日本新文芸の煙火也。

しかし、当該時に劇詩「死の勝利」が、仕上っていたとはならない。だから、右の広告中に「成りぬ」とあるのは妙。ハッタリと言うのではなく、詩稿ノート「Ebb and Flow」の後半に記載の「劇詩『沈黙の声』第一齣《く》第一節」とある、(2) 韻文劇を以っての謂いだと知れる。事実、この中の約四〇行を抜いて「風絃揺曳——劇詩『沈黙の声』第一齣一節」と題して雑誌「時代思潮」（明治三七年三月）に寄稿した際に、次の口上文を最後に添えていた。

「沈黙の声」は我処女事業の一にして、其形式欧米劇詩に則ると雖も、元より舞台的野心あるに非ず。だゝ複雑なる詩想が単純の形式に適さざるを思へばなり。こゝに掲ぐる四十余行は、秋深山に行き暮れたる一旅人が、楽声の揺曳に引かれて侘住まひの乙女が宿に入り、はしなくも愛恋の活劇を演ずるに至るの一段にして、本篇第一齣第一節にあり。

このようにあり、前掲の「死の勝利」の説明文の趣旨とが一致し、意図していることとの齟《そ》齬《ご》をみない。与謝野鉄幹が、主宰誌「明星」に叙事詩「源九郎義経」を、山崎紫紅も「日本武尊」を発表していたこととて、あるいはそれが刺激となって、新ジャンルの開拓となったのかもしれない。かくなる劇詩の先立つケースがあって、それより一年二ヵ月後に、『あこがれ』の巻末「近刊予告」となった、という経緯をなす……。タイトルの「死の勝利」は、それ自体が意図せる主題のシンボライズせるものと言えそうだ。だとしたら、当時すでに知られていたイタリアの文芸家、ガブリエル・ダンヌンツィオの小説『死の勝利』（一八九四年）の影響が及んでの、構想であったのかもしれない、となるのである（ニーチェの超人思想との絡みが無いとは言えないだろう）。

劇詩集『死の勝利』の計画が頓挫した。その元となる劇詩「沈黙の声」の完成を見なかった、ということとは不可分の関係をなす。創意を喪失へと至らしめたものは何か。出版経費や詩壇の変化等の問題があったろうが、かりに「予告」通りに実現していたならば、啄木の初期文業に豊かさをもたらしめたに相違ない。挫折には余情がともなうのである。

4、「黄草集」ノート

啄木が再び詩集の出版を目差したのは、勢い込んで始めた個人雑誌「小天地」(3)の続刊の躓《つまず》きによる。その初号が一部の寄稿者の不満を誘い、継続するに資金の目途がたたなくなり、さらに、所載の詩「東京」が冷笑された結果、憤然と雑誌の経営を取り止め、反動的に第二詩集の刊行を想い立ったということであった。前田儀作に宛て書簡に「小生はあの詩（注「東京」）を第二詩集の巻頭に出したらんかと存じ居候」（明治三八年一一月一七日付）とあることによって知れる。

かくして構想を一新。また別の作品を揃えたものか、今度は「古苑」という穏やかな書名を冠し、それなる予定稿を持参して書肆金尾文淵堂と掛け合ったが、惜しくも不首尾に終った。

しかし、感じるところがあったらしく、あらたな準備に取り掛かっていく……。まず黒表紙のノートを用意し、表紙に「YELLOW LEAVES 」と記した紙を張り、内扉のページに「黄草集」とのデザイン風の書き込みを行った。そして「黄草集目次」を据え、以下、第一章「さすらひこころ」(「古苑」「五月の夜半」「秋雨」「桜のまぼろ志」「五城二首=夏は来ぬ・土井晩翠君に」)、第二章「香盞《こうせん》」(「琴をひけ」「妹よ〈たか子に〉」)、第三章「江畔雑詩」(「さみだれ」「仏頭光」)とあって、本ページの書き込みも目次の範囲まで。後ろのページには「残花帳」と銘うち、過去のエッセイ「わかば衣」と「閑天地」の新聞切り抜きが貼り付けてある。依って、予定稿の準備段階にあったとわかる。結果として、第二詩集へと至らなかったということだが、さらに気持ちの問題があったとしたならば、以下の点であったろう。

すなわち、文壇の変化(自然主義への流れ)の情況を先読みするがごとくに、社会や人間の姿を表現するべく、これに可能な小説を書くことを目差したということ。で、彼は処女小説「雲は天才である」の構想を立て、主人公〈新田耕助〉に新しい人間像の創出を目指すが、途中で筆を止め、別に「面影」に集中。こちらの方は一四〇枚をもって脱稿した。しかし身辺がざわつき、一家が離散。ために函館に移る。こうしたことが、詩集「黄草集」の構想に発展をみなかった理由であろう、

なお、当該ノートの表紙に「YELLOW LEAVES」とある件だが、これは洒落たイメージ戦

略としての処方……。思想や主張を突き立てぬ、自然と穏やかさを滲ませた表象のイメージで、「黄草集目次」を付けてあるように、構想詩集の本タイトルは「黄草集」というものであった。関連してのことだが、それなる英語表記は、かつて親しんだ野口米次郎が英国で出版した『From the Eastern Sea』（東海より）の表紙デザインを模したものかもしれない。また別に、米国の詩人ホイットマン（一八一九〜九二）の詩集『Leaves of Grass』（草の葉）から、あわせてイメージを汲んだ可能性もありえよう。こうしたことは、この一冊に限ってのことと であった。

5、「ハコダテの歌」ノート

詩情の復活の場は、いわゆるブラキストン線を越え、地方誌「紅苜蓿《べにまごやし》」の仲間達がいる函館にあった。彼らは身辺窮せる啄木を歓迎し、生活の安定のために仕事を世話するなど、なにかと力を貸した。ここなるところを新天地と観じた啄木は、心安らぐほどに詩情を回復。詩「水無月」「年老いし彼はあき人」「辻」「蟹に」「馬車の中」と連作をものし、友情みなぎる「紅苜蓿」の第六冊（明治四〇年六月）に寄せた。そして詩集の函館バージョン、すなわち「ハコダテの歌」を構想。準備せるノートの最初に、短いはしがき「小引」を書きこんだ。

北国の磯の香は強くして高し。砂をとつて仔細に見、心常に人生を思ふ。（……）さめて故山の山川を思ひ、寝て老いたる母となつかしき妻子とを夢む。漂白の愁は苦き涙の味を以て我を老いしめむとす。然れども今我が（……）胸は幽かながらも過ぎゆきし若き心の甦りくるを感ず。（……）以下に記しゆく所は、乃ち斯くして歌はむとする我が函館の歌なり。

全体ではこの数倍も長い。語り出されている事柄の奥に、秘められた感情が咽いでいるようでもあり、長大な散文詩の変形版と言えなくもない。それほどに叙事性をもった「小引」にして、意図的な施しとなっている。語り出された漂泊の愁いから、本企画のモチーフまでが透け出ていて、切実感さえ漂うのである。

当該のノートが失せているので、確とはならないが、前記の「水無月」「年老いし彼はあき人」「辻」「蟹に」「馬車の中」の五篇が基になっていると知れる。さらにいかなる作品が加わったものか。あまり多くの詩篇の記載に至らなかったであろう、との察しとなる。すでにその頃、妻節子が嬰児の京子を連れて合流。ようやく家庭の安定を得たかにみえたが、その直後（八月二四日）、大火が函館市内を襲った。これにより安らがぬまま、啄木は潤沢なる詩域から押し出され、次なる厳しさの中へと押し流されていった。

見果てぬ夢――かねて望んでいたアメリカ移住を代償させた、北海道流浪期における唯一の詩集形成期を失した、との言い換えもできようか。構想「ハコダテの歌」は、とにかく輪郭をともなっていながら、中味の充実を見ぬ間に崩れた。同ノートの散逸ともども惜しまれることではある。

6、「あこがれ以後」ノート

詩集「あこがれ以後」の構想は卒然としてなった。すなわち、明治四一年五月二四日、函館に残してきた家族のうち、長女京子（一歳五ヵ月）が危篤との知らせを受けた啄木が、「小説を書く日ではない！」（日記）と涙を拭い、いたたまれぬ思いが一挙に昂じて、短詩「小さき墓」「白き窓」「何故に」「泣くよりも」「白き顔」「嫂」「弁疏」「殺意」の八篇を創作した。そして三日後、それらを「泣くよりも」の題で括り、「第二集に写す」（日記）。そこで本気度が出たらしく、次に、旧作中から「琴をひけ」以下「公孫樹」までの一四篇を抽出。それに「花ちる日」の小題を付け、あわせて二二篇からなる詩稿ノートを作成した。しかも冒頭に「第二詩集の初めに」と題せる、八五〇字ほどの「小引」（序文）を据えて――。

『あこがれ』以後の作四十篇あり。（……）予が心は今、月光魂を溶す詩歌の故郷を旅立ちて、白日淡々たる自由の国土——散文の領域に走り去らむとす。而も、稀に異様なる興に捉へられて、詩を書かむと欲する事なきに非ず。以下に記し置かむとするもの乃ちそれなり。これ真の詩なりや。予之を知らず。唯、予が現時の心境に於て、衷心の求めむとする声調は正に恬くの如きものなるを信せむと欲す。

四十一年五月下旬　本郷菊阪町にて　　石川啄木

右がそれの途中と最後部である。また彼は、同ノートの別ページに、もう一つの試みとも言うべき短詩を添えた。題が付けられていないが、あるいは《序詩》かとも思われるので、念のため出会っておきたい。

（無題）

いざ歌へ、絶間なき戦ひに
疲れはて、節々の痛む時、
いと苦き悲みの迫る時、
汝が子の死ぬばかり病める時、

母に似し物乞ひを見たる時、
汝が恋につくづくと倦める時、
物いはぬ空を見て、
いざ歌へ、その時ばかり、
あはれ、我が餓ゑたる者よ。

このようにある。真剣度が窺われるところだが、かくなる第二詩集の構想も、実際にはここまでで放置されてしまった。その理由は定かではない。上京直後のこととて確たる収入がなく、金田一京助の友情を頼りに、赤心館の一室で赤貧洗うがごとき生活の中でのこと……。北原白秋らが活躍する詩壇に躍り出るという、それだけの執心なり自信の継続をみなかった、となるのかもしれない。肝心の同ノートが行方を絶っていることが惜しまれる。

7、「呼子と口笛」ノート

移ろって二年。啄木は、明治四三年を総括して「思想上に於て重大なる年なりき。予はこの年に於て予の性格、趣味、傾向を統一すべき一鎖鑰《さやく》を発見したりき。社会主義問題これなり。

予は特にこの問題について思考し、読書し、談論すること多かりき。だゞ為政者の抑圧非理を極め、予をしてこれを発表するに能はざらしめたり」と「日記」(明治四四年日記補記)に書いた。幸徳秋水ら一一名の死刑執行に対する悲憤に依るところも含まれていよう。

すでに評論「時代閉塞の現状」を書き(明治四三年八月稿)、また、自身の感想録と大逆事件関連記事・資料を合わせて「日本無政府主義者陰謀事件経過及び付帯現象」と題した一綴じのものを、翌年一月末頃までに作っているので、このような事を考え合わせると、情況批判を「発するに能はざらしめた」ことによる思いが、詩的な爆発となったものらしい。一挙に長詩「はてしなき議論の後」を創出。そのうちの第二連から第七連までをそれぞれ独立させ、長短交互に「はてしなき議論の後」「ココアのひと匙」「激論」「書斎の午後」「墓碑銘」「古びたる鞄あけて」と順次タイトルを当て、一括して「創作」に投じた。明治四四年七月号の載ったのがそれである。

詩集の構想が、再び芽を吹き返した。その「創作」寄稿作品を基に、再度の詩集の準備が始まる。横書きノートを用意し、扉に「呼子と口笛」とタイトルを書き、続いての「目次」ページに、上記「創作」寄稿作品六篇、および、その後の作「家」までを書き取った。短詩「飛行機」も含まれるが、本格化を図って据えた「目次」欄に記載がないので、その後の書き入れだとわかる。いずれの作品にも、創作日と創作の場としての「TOKYO」との記載がある。また、彩色のカット絵が収まっているが、これすなわち、おりからの時局を愁う批評の挿絵バージョンにほかならない。ポエジーが詰まって、所収の詩篇を絵画的・叙情的に補完している。構想の全体は不明だが、明らかに従前の企てを凌駕《りょうが》するほどの、気合の入りようが窺える。さらなる発展を見ずに終わったが、それでも現行形態をして〝未完の詩集〟とされ、文学史上で見えやすい位置にある。

＊

以上、処女詩集『あこがれ』でもって天分をちらつかせた啄木の、第二詩集の構想と挫折の姿を、「新弦」―「死の勝利」―「黄草集」―「ハコダテの歌」―「あこがれ以後」―「呼子と口笛」と順を追って探り明かしてきた（もとより現存詩篇は、筑摩書房版『石川啄木全集』の詩集篇〔昭和五四年六月〕に収まる）。

晩年の啄木は高熱に襲われ、妻の節子も肺結核に罹り、やがて義弟の宮崎郁雨とも義絶へ……。せっかく築いた家庭の安定が一挙に危機に瀕した。実存自体が危うくなるなか、こだわりの詩はもとより、平行していたところの小説・評論・エッセイ等、すべての表現行為が勢いをなくし、たちまち終息へと向かってしまった。心と体身と友情といった大切なものが揺らぎ、かつ崩れる中で、彼の文学的舞台からの遠のきがある。

注

（1）この日の天候は、気象庁に保管の函館測候所の観測記録によって、晴天であったことがわかる。

（2）約四〇〇行で構成。深山の村里近くに現れた「洋装の一旅人」と「老姥」の出会いと別れの形で開かれた韻文劇。彼女を指呼して「老姥（独語）」とある。はて？　シナリオ（本作品）は日本語であっても、指示通りだとコミュニケーション言語が日独両語となり、観客席から見ても不自然。構想が長大だと触れこんだものの、これのみで放棄。雑誌「時代思潮」（明治三七年三月）への寄稿時、ドイツ語とある「老姥」が消えて「旅人」の一人の独白劇となっている。

（3）大判の文芸雑誌で、主幹・編集人は石川一、発行人は石川一禎、発行所は啄木の居住地内の小天地社。社友（協力者）の間に不満の声が上がり、継続を断念。この第一号で終わった。

第三章　拡大せる創作の諸相

一、詩歌に新趣の試み

1、視界を開く

いまだ盛岡中学の四年次生であったとき、啄木は、先輩金田一京助らを送る会があった直後、親しい仲間と回覧雑誌「爾伎多麻」を発行し、そこへと短歌「秋草」三〇首を載せた。これが事実上の創作の開始で、翌年には学舎を離れて文芸コース上の人となった。そして、二〇世紀日本の初期の文学史を活気づけたが、本人にとっては、文字通りのシュトウルム・ウント・ドランク（疾風怒濤）の生の形ちとなってしまったようだ。短くして凄い光景としてある。

もとより退路を断ったことが頑張りとなり、その最初の猛烈期（『あこがれ』期）において、少しく手法の工夫＝「影」をテーマに自己像の幻視という新作の試みがあった。そして、急激に興った自然主義文学の潮流に乗るべく小説を書き続ける中で、再び短歌の趣向の復活をみた。小説の筆が止ったり、心の趣きが昂揚をみた時、その短歌フォルムへとモノローグめくものとか、話譚の断片のようなものまでも歌い込むことがあった。また、海のイメージでもって叙情の更新をはかり、それを『一握の砂』の冒頭部に応用した。続いての『悲しき玩具』（遺歌集たる第二歌集）では、外部から素材を取ってきて、自己の投影体に〝問答させる〟という、わずかだが劇的な施しをも図ってもいる。

そもそも、ともどもこのように、啄木の詩歌の森は奥が深いだけではなく、表現者としての彼の、さまざまな持ち味や技量を窺わせる、とっておきの情報庫でもあるのだ。このような観点をもって考察を進めることにしたい。啄木の詩歌の森にフォーカスを！

2、ドッペルゲンガー――詩「二つの影」

若き日の啄木に、海のイメージの横溢があった。これには文献による異邦の海と、渡海という実体験が関係していた。前者は『Surf and Wave』によっていたこと（所収の『Dover Beach』でもって短詩「北の海」創作）。後者の場合は、小樽で病む姉トラ（夫は小樽中央駅長）を見舞うため、ドイツ船へレーン号に乗って津軽海峡を渡ったこと。――この二つの経験に依るところが大きい。しかも後者の旅行では、気の向くままに小樽の海辺に立ち、砂浜でくつろぎ、存分に潮風を浴びた。かねて準備中の処女詩集の刊行に気概を込めたのも、この旅行中のことであったと思われる。

事実、帰宅するや再び旅装を整え、すでに出来ている予定稿約五〇篇を抱えて上京した。そして、頼る人脈＝与謝野鉄幹に相談したり、自分でも同郷の人脈をたどるなどして奔走。平行して「明星」の集会に出たり、止宿先でイメージを湧かせ、なおも詩篇の数をふやしていった。
そうした中の一篇、詩「二つの影」に注目したい。

二つの影

浪の音の／楽にふけ行く
荒磯辺の夜の砂、／打ふみて我は辿りぬ。
海原にかたぶける／秋の夜の月は円し。

ふと見れば、／ましろき砂に
影ありて際《きは》やかに、／わが足の歩みはこべば、
影も亦歩みつつ、／手あぐれば、手さへあげぬ。

とどまれば、／彼もとどまりぬ。
見つむれど、言葉なく／ただ我に伴なひ来る。
目をあげて、空見れば、／そこにまた影ぞ一つ。

ああ二つ、／影や何なる。
とする間に、空の影、／夢の如、消えぬ、流れぬ。
海原に月入りて、／地の影も見えずなりぬ。

我はまた／荒磯に一人。
ああ如何に、いづこへと／消えにしや、影の二つは。
そは知らず。ただここに。／消えぬ我、ひとり立つかな。

あえて全体を取り出してみた。──秋の月夜の海辺、気がつくと砂浜に影が……。何も喋らないが、つねに自分と一緒にいる……。しかし動いているうちに、この親しげな相棒は波間に消えてしまった……。自分だけが残っている、の意。海辺で「影」と切り離された自分……、確かに自分は「影」の原体だが、これなる自分も「影」ではないのか。最終連の「二つの影は。」とある「我」の独白の中に、人間の存在を思惟する意識がはたらいている。作品の末尾に「甲辰十一月廿一日夜」(1)とあるので、これは止宿した駿河台袋町の養精館二階から見た窓外の夜景（家々の屋根瓦、竹林の揺れ、その眺め）が想を呼び起こし、少しく前の、小樽の岸辺の月夜の砂浜を歩いた経験をもって、自分なりに新しい詠嘆の世界を開いたことがわかる。作柄は明らか、ドッペルゲンガー(2)仕立てである。

古来「影」は、多分に比喩的に歌われる場合が多かった。しかし啄木の「影」は、そうした古典における比喩援用型とは違い、自己の感情や形姿を他者化し、ダブル身体「影」のかたちで自分の姿を自分で目にするという、自己像幻視（生き写し・分身）の詩界の創出となっている。文学史にあっての後方者、例えば、梶井基次郎の短篇『Kの昇天』（昭和元年）に先駆し、そのアーキタイプの位置にたつ、前衛作とみなしうるのである。

3、劇的シーンの幻像——歌稿ノート「暇ナ時」から

さて、短歌の領域ではどうなっているか。大まかに辿るならば、小説で身を立てようと再度の上京となり、日夜筆を執るも首尾よくいかず、加えて函館に残してある妻子を気遣い、一方で、川上眉山の自殺（六月一五日）、国木田独歩の死（六月二三日）といった暗い情報が続くなかで、慰撫のジャンルとなったのが短歌であった。小説の筆が止まった時に、彼は深夜から明け方まで歌に没頭した。周知の歌稿ノート「暇ナ時」の成立である。

ここには明治四一年六月一四日から一〇月一〇日までの作、六五二首が収まっている。以後

もノートや手帳類を用意し、そこへと詠嘆の書き込みがあるものの、とりわけ精神的乱調期のノートである「暇ナ時」の趣きは格別。苦悩から発せる劇的シーンの幻像歌、二重像（自我）歌が多いように思われる。すこしく取り出してみたい。

①なほ若き我と老ひたる我とゐて諍《いさか》ふ声すいかがなだめむ
②わが胸の底の底にて誰そ一人物にかくれて潸々《さめざめ》と泣く
③今日もまた何処ゆくらむ我が心杖してひとり胸の戸を出づ
④つと来りつと去る誰ぞと問ふ間なし黒き衣着る覆面の人
⑤うす雲る鏡の中の青ざめし若き男を罵りてゐぬ
⑥「いづら行く」「君と我が名を北極の氷の岩に刻まむと行く」
⑦悄然として前に行く我を見て我が影も亦うな垂れて行く
⑧眠らざる我と覚めざる我とゐて二つの玉を相撃ちてあり

いずれも作歌の開始から約一ヵ月内の作である。これらのうち、①はやがて抹消扱いとなった。「我が影」を詠んだ⑦は、きわめて明白なドッペルゲンガーの作り。本来の〈われ〉が、心象に浮かばせた〈われ〉を幻視せる心象シーンとて、先に見て来た詩「二つの影」と結ぶ、その短歌バージョンと言うべき詠嘆である。⑤⑥とともに、直ちに「明星」（明治四一年七月）への投稿となったが、そこまで止まり。結局、①〜⑧のいずれもが、二年後に編まれる処女歌集に収まることはなかった。

だが、晴れの舞台に上れなかったといえども、適宜の形において存在感を有す。小説の筆を執りつつ踠《もが》く自像が沈着しているのだ。⑤で言えば、鏡像現象を応用しての「鏡の中の青ざめし若き男」とは自分のこと。その鏡に映る自分を「罵りて……」いる自分もまた鏡の中に在る……。かくなる皮相構造において自立しているのである。他のいずれの歌にあっても、本来の〈われ〉の分岐体による心の葛藤図柄をなし、いささか劇性を発散している。

いずれも歌興沸き立つ中での派生的歌の位置にあるが、そうであっても、これらによって啄木短歌の底＝実存問題の絡みの深さの示唆となる、相応の意味を持っているのである。

4、海辺に投写せる自像——『一握の砂』冒頭一〇首

おりから盟友たち——若山牧水は『別離』を、前田夕暮は『収穫』を平行的に出版。一方で、尾上柴舟が歌論「短歌滅亡私論」を発表した（いずれも明治四三年一〇月のこと）。歌壇内外が話題めくなか、啄木は『一握の砂』を世に問うた。柴舟の非観論がすっ飛んだかのごとくで、新し

い詩歌の時代の到来を印象づけた。この人口に膾炙《かいしゃ》する『一握の砂』にも、従前のごとく〈われ〉をめぐる分身の心象譚が、劇的に嵌っている。冒頭の一〇首においてである。

①東海の小島の磯の白砂に／われ泣きぬれて／蟹とたはむる
②頰につたふ／なみだのごはず／一握の砂を示しし人を忘れず
③大海にむかひて一人／七八日／泣きなむとすと家を出でにき
④いたく錆びしピストル出でぬ／砂山の／砂を指もて掘りてありしに
⑤ひと夜さに嵐来りて築きたる／この砂山は／何の墓ぞも
⑥砂山の砂に腹這ひ／初恋の／いたみを遠くおもひ出づる日
⑦砂山の裾によこたはる流木に／あたり見まはし／物言ひてみる
⑧いのちなき砂のかなしさよ／さらさらと／握れば指のあひだより落つ
⑨しつとりと／なみだを吸へる砂の玉／なみだは重きものにしあるなな
⑩大といふ字を百あまり／砂に書き／死ぬことをやめて帰り来れり

いわゆる巻頭にあって、全体の文芸性を一挙に高める、周到な構成意識にたつ「砂山一連歌」である。伝記に即せば、一家の離散時に遡及。啄木は緊迫感をもって函館に到着（明治四〇年五月五日）、地元の友人の世話で臨時の職を得、勤めのあいまに近くの海辺へと出掛けて、流離の心を慰めた。しかし函館大火（八月二四日）で失職。さらに北に流れて新聞の記事を書く人となっていった。で、顧みての函館時代は、短いながらも忘れ難い思い出の地であったようだ。次の岩崎正に宛てた手紙（明治四三年六月一三日）に注目したい。

僕が海といふものと親しんだのは、実に彼の青柳町の九十日間だけであつた。嵐のあとの濡砂《ぬれすな》の上を歩いたこともあつた。塩水に身を浸してもみた。秋近い瓦斯《ガス》が深く海面を罩《こ》めて、ガスの灰色の中から白浪の崩れて来るのを眺めながら、巻煙草を吸ふ女の背後から近づいて来るのを感じたこともあつた。砂山の頂に南国の木の実を埋めたことも忘れはしない。

このようにある。つまり、歌集予定の「仕事の後」の編集直後ときわめて近い時期に、冒頭部を海のイメージで統一、前掲の一〇首の並べ置きを図ったということであった。結果として、同手紙の内容と当該一〇首の間に、一部だが顕著な相関性を認め得る。例えば、①に歌われている「蟹」は、二年前に函館の同人誌「紅苜蓿」（明治四〇年六月）に投じた短詩「蟹に」と同じ砂浜における具象の再利用であった。また④の「砂山」から出てきた「ピストル」は、自分が

「砂山の頂」に埋めたという「南国の木の実」をもってのニヒルな換喩。⑤の「ひと夜さに嵐来たりて」の「嵐」も、同じ現場を襲った強風の援用と解せよう。このような対応関係から見て、当該の一〇首は臨場感を等しくし、一つの塊り状態として最終形＝『一握の砂』の冒頭に嵌った、ということなのである。

すこしく立ち入るとして、まずは映画的に情景全体が一つの画面に入るように、視点が遠くに据えられ、そこから「東海―小島―磯」へとズームアップし、「白砂」上での焦点合わせとなっている。唯一の仲間が「蟹」で、その「蟹」との戯れを作者の分岐体である〈われ〉が、率直に自己の現状として科白しているというのが①である。あたりには誰も居ない。この孤独なる砂上が、実に回転の舞台たらしめ、比喩としてのそれが一つ廻ったステージ、すなわち②では、過去の自分＝「一握の砂をしめしし人」を、現在の〈われ〉が「忘れず」と歌っているのである。以下も順に廻って、③〜⑩までひたすら一人芝居。己が心象像の投写を潮風にたくし、筋立つイメージの一〇景（心像劇）として、後に続いて行く叙情の誘導をはかっているのである。あたかも当該時代（明治末期）の活動写真を思わせるような仕立てである。

いま比喩としての活動写真を上げたが、啄木は「仕事の後」の編集の頃に、浅草の活動映画館で無声映画（弁士付き）を観ていた。そして、平行して書き進めている小説『我等の一団と彼』（未完、生前未発表）の中で、仲間である〈安井〉のセリフに感想を抱え込ませていた。このような側面を勘案するに、そのような活動写真の機能性からヒントを得て、いささかの応用となったかとも思われる……。手法とタイミングの双方からみて、このように察し得るところがあるとしても、確たる所見を導くまでにはいたらない。いずれにしても「砂山一連歌」は、渾身の処方によったとなるのである。

5、ハムレットの独白を用いて問答歌――「さばかりの事に死ぬるや」考

問答歌と言っても、一方が歌で問い、相手が歌で答えるといった古歌の形式を言うのではない。啄木が早くに試行せしめた形式、例えば「『何故に泣くや』答へぬ『わが恋のまことならぬを恥ぢて我泣く』」（「暇ナ時」）の類の、その発展バージョンとしてのもの。具体的には絞っての、ここでは次の一首に特化し、分け入って三行構成歌の発想源、さらには内部の構造に及んでの、歌柄の特性について考えを深めたいと思う。

「ばかりの事に死ぬるや」
「さばかりの事に生くるや」
止せ止せ問答

東京朝日新聞社に職を得るも、家族の呼び寄せ等の問題もあって、あれこれ考える中での作で、直ぐに「スバル」（明治四二年五月）に載った。そして『一握の砂』の「我を愛する歌」の三一番歌となった。実は、この一首の叙情の底が深い。というのは、この一首の詠みと平行して、啄木は「ローマ字日記」の四月一〇日の欄に、次のように書き認めているからである。

Sude ni Hito no inai tokoro e yuku koto mo dekizu, sareba to itte, nani hitotu Manzoku wo uru koto mo dekinu. Jinsei sonomono no Kutū ni tae ezu. Jinnsei sonomono wo dō suru koto mo dekinu. Subete ga Sokubaku da. sosite omoi Sekinin ga aru. Dō sureba yoi no da ? Hamlet wa, ‘To be, or, not to be ? ’ to itta. Sikasi Ima no Yo de wa, Si to yū Mondai wa Hamlet no Jidai yori mo motto Hukuzatu ni natta. Ah, …

（すでに人のいない所へ行くこともできず、さればといつて、何一つ満足を得ることもできぬ。人生そのものの苦痛に耐えず、人生そのものをどうすれこともできぬ。すべてが束縛だ、そして重い責任がある。どうすればよいのだ?　ハムレットは「To be, or, not to be?」と言った。しかし今の世では、死という問題はハムレットの時代よりももっと複雑になった。ああ、…）

当時、ローマ字普及運動が盛んであったので、新趣の取り入れとなったのであろうが、この妻節子の解らなかった文字を用いたことで啄木は、少しく秘密めく行動を含め、誰はばかることなく本心を書き留め、己が心と行動の記録としたようだ。しかも、土岐善麿らが推進中の日本式ローマ字方式を用い、忌憚なく心中を綴ったのが掲出部である。彼は重要なことを吐露している。生きることの苦悩を思惟し、それを『Hamlet』の「To be, or, not to be.?」と結びつけ、自分の生の現状に反射させている。ハムレット王子の嘆き（第三告白）とのコラボレーションを図っているのだ。その結果の詠みが「さばかりの事に死ぬるや」の一首であったとなるのである。

あえて啄木の理解としてあった、坪内逍遥の訳でもって相関の具合を測るとして、彼の詩句である三行句の骨子、すなわち「死ぬるや」「生くるや」「（核心の）問答」は、ハムレットの独白句「To be」「not to be」「that is the question」と対応……。「止せ止せ問答」をも含めて、ひとり〈われ〉の内部で起こっている葛藤心理の三句連立形にして、それなる内部世界の自演（一人芝居）として歌いだされているものと思われる。『一握の砂』の冒頭一〇首における孤独像（海辺に投写せる自像）の、その延長バージョンでもあると解せるのである。

ちなみに啄木は、はじめて上京した時に丸善書店にて、原書『Hamlet by Shakespeare』を買い求めた（明治三五年一一月一七日）。そして、おりから話題となっている場面のセリフ＝

「Hamlet: To be, or not to be - that is the question 」に対しても、格別の関心を抱いた。このことは、少し後で作成の詩稿ノート「Ebb and Flow」の余白ページに、鉛筆で「To be, or not to be」と落書きしていることに依っても知り得る。坪内逍遥が『ハムレット』の訳を「早稲田文学」（明治四〇年六～一〇月）に連載、啄木の視野内にあったこと。また、土岐哀果や若山牧水との交遊が開けてからは、彼らが早大で受けた坪内逍遥の授業の話（『ハムレット』を含む）を聞かされたこともあったらしい。この二人とて関心事は同じ…。当該の独白句でもって、次のように詠んでいる――。

死ぬ死なぬおもひ迫る日われと身にはじめて知りしわが命かな（牧水『別離』）

死なんとは、おもはざりぬ。／生きんとも、／さまで思はずなりにけるかな（哀果『黄昏に』）

牧水にしても、哀果にしても、悲劇――デンマークの王子ハムレットが、父王を毒殺した叔父と不倫の母への復讐を父の亡霊に誓い、しかし、思索的な性格のために悩む――の第三幕第一場における苦悩の第三独白句「To be, or not to be - that is the question」に痛く観じ、抱ける心情を三一文字のしらべに乗せた、ということのようだ。期せずして啄木ともども、この《死と生》という重い命題を共有しあった、ということでもあった。もう一人いる。啄木の義弟である宮崎郁雨で、彼もまた――

かかる世は生くべきか／死ぬべきか／自問自答し／聞く秋の風
（『郁雨歌集』）

と詠んでいた。坪内逍遥訳『ハムレット』（明治四二年）に出会い、啄木の『一握の砂』に収まる当該歌に影響されての作かと思われるのだが……。もしも郁雨の想が早くにあったとしたならば、ローマ字で日記を書いていた頃の啄木が、義弟宛ての手紙（明治治四二年四月一六日）に「何といってよいか解らぬ、皆が死んでくれるか俺が死ぬか、二つに一つな様な気がする」との一文を挟んでいたこととも関連していよう。「さばかりの事に死ぬるや」の一首が出来た時期のことどて、その影響が及んだということかもしれない。郁雨も悩み、精神が不安定な時期があり、当該歌の詠出となったと思量し得るのである。

ハムレット劇の、王子ハムレットの独白から、期せずして、啄木―牧水―哀果―郁雨の歌が生まれた。叙情の内容が近接し合っているのは、モチーフを深刻さで共有。それを切実に詠み込んでいたからである。

6、悲しみの擬人化――「ぼんやりとした悲しみが」考

啄木は多くの読者を意識して歌を詠んだ。自分を正直に出しながら、一方で言葉のつかい方を工夫し、美しく、悲しく、切ないばかりのメージに仕立て、あたかも自演劇風に工夫するところがあった。すでに見てきた『一握の砂』冒頭一〇首の、その在りようを見ても明らかである。このことは『悲しき玩具』にも大体において当てはまるだろう。ともども頻繁に用いられる言葉があって、叙情の形質を彩っているとなるのである。

しかして、歌語への注目となるのだが、便宜上、両歌集を合わせて集計するとしよう。すると〝啄木用語〟として際立って意味化しているのが、「泣く／なく」「涙」「かなし／悲し」「死」の四単語である。その頻度は、「泣く／なく」が二一回、「かなし／悲し」が七〇回、「涙」が六回、「死」が二六回となっている。とりわけ多いのが「かなし／悲し」で、これによって巷間に独特のイメージが生じたのであろう（半世紀以上も経てのことであったが、劇作家の井上ひさしが書いた戯曲名は、「泣き虫なまいき石川啄木」(4)というものであった）。

このような実態であることにかんがみ、一番多い出方としてある「悲し」で成る歌の一首に出会ってみたい。『悲しき玩具』から――。

ぼんやりとした悲しみが
夜となれば
寝台の上にそつと来て乗る

創作日が厳密になっていないが、牧水のもとに送られて「創作」（明治四四年三月）に載った。このことから推して、東京帝大内医科大学付属病院に入院、約半月ほど療用生活をした際の、病室に於ける作であろうと思われる。前年末に起った大事件（幸徳秋水ら一二名が死刑に処せらる）に対してじっとして居られず、「日本無政府主義者陰謀事件経過及び付帯現象」と銘打ったノートを作成したり、担当弁護士平出修の自宅で管野すがの裁判記録を読むなどしたことが影響したものか。体調を崩し、挙げ句のはて入院、腹膜炎の施術を受け、三八度から四〇度にうなされることもあった……。

当該歌は、そうした一連の動きと心身事情のもとで詠まれているので、他の多くの歌々とは、叙情の動機を異にしている。ゆえに、歌句「ぼんやりとした悲しみ」の「悲しみ」は、「ぼんやりと」ぼやけたものではなかったはず……。いたたまれぬ思いをモチーフとし、しみじみと命に関わる事態を噛みしめ、かつ、外部の情況にも思いをめぐらしての、直叙を避けただけで悲しみの深い、含意の表象歌語であったのだ。それが病みてある寝台の上に「夜ともなれば…

そっと来て乗る」となり、病室における〈われ〉の内なる心象劇風となっているのである。激しく疼《うず》く感情が美的に加工されたともなり、技法にも注目される。歌柄としては、自身の感情である「悲しみ」を擬人化しての、それなるが〈われ〉の「寝台の上にそっと来て乗る」と仮構。己の悲しい心をレトリカルに表白しているとなるのである。密かな思いの実情を、人間のように擬して〈われ〉の表白となす手法……。これが当該歌の骨法であった。啄木は短歌の新しい方向に向かって、たえず挑戦的であったということである。

付言

少ない事例ではあるが、ここまでの追尋によって、興味深い知見を得ることが出来た。叙情の本質が透かし出てきたようにも思われる。早々にテーマ立った「影」の問題にしても、啄木のそれは、『万葉集』以来の古典にしばしば詠まれる「影」の扱いとは、まったく趣きを異にしている。多分に異邦の詩人たち、例えば、H・ハイネの「帰郷」(5)に見られる「影」の扱いに近いものであった。

短歌の領域でも、独創たるところは同じである。考案せる三行形式を定着させ、そこへと〝自分と家族と友人と社会状況に対する実感と思惟〟を適宜に挟み、それを劇的かつ身体的に反応させていた。三一文字という基本のフォルムを柔軟に表象舞台の如くなさしめ、手法自在なる独自の歌界を開いた。啄木の詩歌の森は絶えず新鮮。あらためての魅力となる。

注

（1）「甲辰」（きのえたつ・コウシン）は、十干十二支による暦年号。ここでは明治三七年を指す。啄木は同年の日記の表紙に「甲辰詩程」と記載。『あこがれ』の各作品の末尾に記載の創作年次に、この暦法を用いた。例えば、冒頭の「沈める鐘」には「甲辰三月一九日」と記し、前年作の「杜に立ちて」には「癸卯十一月上旬」とある。

（2）ドッペルゲンガーは、ドイツ語の「二重、Dopple」と「歩く人、Gänger」の合成語。ダブル身体、二重自我（二重人格に非ず）、生き写しの分身、二重像などの意味となり、自分の姿を自分で目にする自己像幻視のこと。抑圧される心理的な部分が独立し、表面化したときに感知する「影」「影法師」がこれである（「影」が重要な素材となった作品が多い。片上天絃によるE・ポーの「影」の訳が「早稲田文学」［明治三九年二月］に載ったとあるが、啄木がこれに影響を受けたか否かは不明）。

（3）映画の旧称で、明治三〇年に映写機が移入となり、これによる活動写真・無声映画で、セリフは弁士が担当した。啄木は浅草の映画館でこれを観たということである。

（4）昭和六一年に劇団こまつ座で上演。六年後、同じタイトルで新潮文庫の一冊となった。

（5）ハイネの当該作は《帰郷した男が、月の夜、かつての恋人の家の前で、絶望に苦悩するもう一人の自分を見てしまう》というもの。オーストリアの作曲家F・シューベルトは、これに「影法師」の題をつけ、歌曲集『白鳥の歌』の一三曲の一とした。

二、叙情に『聖書』の文言も浸潤——事例で見る

その出自ゆえに、幼児から読経と仏典に縁があったわけだが、長じて文学志向の道へと入った啄木は、それなりに身についたものはもとより、知的欲求の昂じるがままに、西洋文化の源流部へと関心を拡げ、得たものを創作へとつなげていった。しかしてここでは、一〇代の後半から関心を寄せていた『聖書』に特化し、そこからの咀嚼と作物への浸潤に関するところを探照。見えて来る様相を見極め、作品の理解につなげたいと考える。たえず新趣と前衛を本領とした啄木の、手の内を知ることにもなろうから。

『聖書』受容の途中段階であったが、日記「甲辰詩程」に「イエスの所謂『神』と（……）」（明治三七年七月二一日）云々と記し、また「渋民日記」に「あゝ自然の性情は益々逆流して居る。来るべきものは、ただノアの洪水のみだ」（明治三九年三月一三日）と認め、その一四日後、「蔵書といつては（……）新訳全書位である」とも綴っていた。非信仰者である彼は、旧約・新訳を合わせた『新訳全書』を手許に置いていて、読み漁っていたことがわかる。創作上の知的材源たりえたからであろう。

＊

さて、事例を挙げて見て行くとしよう。まずは『あこがれ』の中から。その一〇番目に収まる「夕の海」の幻想・浪漫的表句に注目したい。この短詩は明治三六年一二月の作で、同時期の作「海の怒り」「荒磯」と共に「帝国文学」（明治三七年三月）に投じられ、三作一括して処女詩集に収まった。一部を取り出してもよう。

夕べの海

汝が胸ふかくこもれる秘密ありて、／常劫夜をなす底なる泥岩影《ひじいわかげ》
黒蛇《くろへび》ねむる鱗の薄青透き、／無限の寂莫墓原領ずと云ふ。（略）
白塗かざれる墓には汚穢《けがれ》充つと／神の子叫びし。外装ぞはかないかな。（略）

このようにある。一八歳の時に受容の「VINETA」と出会って以来の、海のイメージを引き継いでいるように思われる。主想に関わるところは、その初句「From the sea's deep（……）」とある海底へと想を及ばせ、海藻の張り着いた岩礁を「黒蛇」と形容し、また別に人骨風のイメージを加えて「白塗りかざれる墓」との謂いを与え、それなるを指して、超存在者たる「神

の子」が「汚穢充つ」と叫ぶという、不条理にして超越的なイリュージョンの形をとっている。この場合、歌い出せる〈われ〉が指呼せる換喩句＝「白塗りかざれる墓」には、新訳「マタイ伝」第二三章二七節の――

偽善な律法学者、パリサイ人たちよ。あなたがたは、わざわいである。あなたがたは白く塗つた墓に似ている。外側は美しく見えるが、内側は死人の骨や、あらゆる不潔なものでいつぱいである。

とあるところが関与しているようだ。とりわけ「白く塗つた墓」とあるところは、詩「夕べ海」の当該句と同じである。魚影すら無いなか、これなる〝死の世界〟の様相に「神の子」〈イエス〉を絡ませ、キリスト教の創始者に「汚穢れ充つ」と叫ばせた「夕べ海」の世界には、前掲「マタイ伝」の文言が浸潤しているとなるのである。

もう一篇、長詩「五月姫」の場合を考えてみたい。「白百合」（明治三七年六月）に初出し、『あこがれ』の五〇番目に収まったこの作品は、なにやら《西欧の五月一日の祭り》を想像したらしくもあるのだが、要するに五月の快い風趣を「五月姫」という象徴で捉え、それを「愛の夢」と賛美しつつあこがれる、審美・幻想の譚詩としてある。リズムも変調。五音と七音を適宜に組み合わせ、七連五六行から成っているのであるが、これなる大仕掛けな詩柄にも、『聖書』の応用が認められる。一見して明らかなように、旧約の「雅歌」からの援用で、それも随所に散見する。若干の例でもって表示・対応させてみよう。

「五月姫」	「雅歌」	
あを草眠る／みどり小床に、五月姫	わたしたちの床は緑	（第一章）
香膏の恋の彩	あなたのにおい油	（第一章）
黒髪の／さゆらぎ似たり	わたしの髪の毛は夜露で	（第五章）
紅の唇／にほえみ添えば	あなたの唇は甘露をしたたらせ	（第四章）
しやろんの野花、谷百合に	シヤロンのばら、谷のゆりです	（第二章）
ひるがえりたる愛の旗	ひるがえる彼の旗は愛	（第二章）
『閉ぢたる園』の愛の門	わが花嫁は閉じた園	（第四章）
園をうがちて、丘こえて	丘をおどり越えて来る	（第二章）

躍どりつゝ／生の小獐の　若い雄じかのようです　（第二章）

きわめて部分的だが、右のような詩句の近似、もしくは対応の関係を取り出し得る。とりわけ「しやろんの野花、谷百合」―「シヤロンのばら、谷のゆり」といった、表句の対応は、偶然の一致とは言い難い。このことを確認してのことだが、しかし、詩「五月姫」の詩界の独自性は担保されていよう。すべては創作の《種》に関する部分……。啄木は「雅歌」を咀嚼し、自分のイメージで想を練り、青春闊達なる典雅な詩界を築いた、との結論を出しておきたい。

なお、『あこがれ』の三九番目に置かれた、長詩「光の門」にも看過しがたいところがある。これまた作者の分岐体である〈われ〉の、眠られぬ夜の心象幻譚。いま在るところが実存の境目であるがごとく、時間と空間、天空と海底の混濁があり、「鐘」のなり響く安息のトポス、すなわち「光の門」が開かれる先への希求として「朝」の到来が信じられている。ほぼこのような詩界だが、この場合、タイトルの「光の門」には、「ヨブ記」の第三八章中にある「死の門」の反転形で以て当たる可能性がある。ここでは考証を省くが、そのように思われるのである。

＊

短歌の領域では、日記に「小説を書く日ではない！」（明治四一年五月二二日）と嘆き、「歌を作っているのは、煙草をのむのと同じ効能がある。それ以上の事ではない。そして、一人何もせずにゐると、自分は遂に敗れたる哀れな - soul（注、心の弱まった自分）だ！」（明治四一年七月一八日）とある、低調期の詠に注視が及ぶ。事実、明治四一年六月一四日から歌稿ノート「暇ナ時」の開始があるのだが、その四日後の作に、「大海にむかひて一人七八日泣きなむとすと家を出でにき」（翌々月の「明星」に掲載）というのがある。『一握の砂』の「我を愛する歌」章の三番歌である。

大海にむかひて一人
七八日
泣きなむとすと家を出でにき

こうして三行体に改まってみると、二行目の「七八日」が目立つ。かくなる日常のタイムスケールの設定は、これだけで悲しみの深さの視覚効果をなす。だが、大げさで非現実的と言うべく、劇的仕立ぶりが浮き彫りになる。いかなるアイディア、作材に依っているのであろうか。しかして《解》は一つ。悪魔〈サタン〉の誣告《ぶこく》に依って〈ヨブ〉が被った試練、すなわち、全身に吹き出た「腫物《はれもの》」の痛苦で灰まみれになったまま「七日八夜」を過ごしたという、旧約「ヨブ記」からヒントを得、もしくはそれに擬して当該の叙情を成したことが、暗々裡のうちに透けてくる。啄木は、敬虔な篤信者〈ヨブ〉の苦悩を己が魂に反射させ、詠嘆につなげたのは明らかである（「ヨブ記」第二章の終わりに、心配してやって来た友人たちも「七日七夜、彼と共に地に座して」過ごしたとある）。同じく「我を愛する歌」の砂上作としてある――

ひと夜さに嵐来りて築きたる
この砂山は
何の墓ぞも

この五番目歌（初出「スバル」明治四三年一二月）も、「ヨブ記」からヒントを得た可能性がある。「荒野の方から大風が吹いてきて、家の四すみを撃ったので、あの若い人たちの上につぶれ落ちて、皆死にました」（第一章）とあるところ。また「泥の家に住む者（……）彼等は朝から夕方までの間に打ち砕かれ、顧みる者もなく、永遠に滅びる」（第四章）とあるところが昇華し、想念上の「墓」イメージの獲得にいたったものらしい。さらに言うならば、実存の諸問題に苦慮せる〈われ〉にとっての、死休の場（grave）といった心象劇化でもって文芸性を高め、イメージたっぷりの〝砂の十連歌〟の急所に据えた、との解釈ができるかとも思われるところである。

しつとりと
なみだを吸へる砂の玉
なみだは重きものにしあるかな

右に直近せる、この九番歌（初出「スバル」明治四三年一一月）も「ヨブ記」絡みであるらしい。第六章第一節〜三節に——「どうかわたしの憤りが正しく量られ、同時にわたしの災も、はかりにかけられるように。そうすれば、これは海の砂よりも重いに相違ない」とあるのだが、「腫物」に苦しむ〈ヨブ〉が砂上で流す、そのとめどなき涙の様相へと、起想の水脈がつながっているようだ。悪魔のたぶらかしによった〈ヨブ〉の痛苦の換喩、すなわち、流した涙（無念の心）の比重は「海の砂よりも重い」とあるところに着目しての、焦点合わせが詠出の契機であったとなろう。歌心の昂揚せる中での、創作のバックヤードの一端が透け出しているようである。次の二首ではどうか——

高山のいただきに登り

なにがなしに帽子をふりて
下り来しかな

高きより飛びおりるごとき心もて
この一生を
終わるすべなきか

いずれも「東京毎日新聞」（明治四三年五月）へと投じられ、「我を愛する歌」章の三四番・五〇番歌としてある（双方が何やら似ていて姉妹作のようでもある）。ここでも詠出材源の存在を感じしめている。新訳「マタイ伝」第四章五節～八節に依るところで、「悪魔は、イエスを聖なる都に連れて行き、宮の頂上に立たせて言った。『もしあなたが神の子であるなら、下へ飛び降りてごらんなさい』（……）次に悪魔は、イエスを非常に高い山に連れて行き…」云々とあるところ。これなる件《くだ》りは当該歌のシチュエーションときわめて似ている。やはり影響を受けたことを窺わせる。啄木は、それなる「悪魔」の諫言《かんげん》に想を弾ませ、アイディアの獲得となり、さりげなく「高山―下る」という叙情空間上での〈われ〉の動きとし、そこへと思惟を盛ったと解せるのである。

何処やらに沢山の人があらそひて
鬮《くじ》ひくごとし
われも引きたし

前掲二首の間に挟まる、三五番目の歌である。あらかじめどこかの新聞・雑誌へと投じた形跡がないので、『一握の砂』に収まって世に出たとなるのだが、歌集編集時の作とは限らない。「我を愛する歌」群中の前掲緒歌との近さを思えば、あるいは手許に幾首もの未発表歌があって、そこからの採録であった可能性すらあるだろう。いずれにしてもこの一首は、旧約「ヨナ書」との距離が近い。その第一章の冒頭の光景＝荒れ狂う海の船上で、水夫達が恐れ、各自の荷を棄てて船を軽くしようと指示するも、〈ヨナ〉だけは非協力……。それを見ていた人々が、ならばと「この災いがわれわれに臨んだのは、だれのせいか知るために、さあ、くじを引いてみよう」（第一節〜第七節）とあるところ…。おそらく啄木は、これなるシチュエーションから閃いたのではあるまいか。〈ヨナ〉の悲運ではなく、彼の遭遇した事態としてある「くじを引いてみよう」とあるところのみを取って〈われ〉の楽観心事に還元。さりげなく「鬮」を「引きたし」という歌柄の構成を図った、との推察となるのである。

知らぬ家たたき起して
遁げ来るがおもしろかりし
昔の恋しさ

同じく「我を愛する歌」章の五三番歌（初出「スバル」明治四二年五月）であるが、これも『マタイ伝』からヒントを得ていたらしい。第七章七節の「門をたたけ、そうすれば、あけてもらえるであろう」とある箴言句を極端にもじり、悪ガキ時代の〈われ〉の回想となる生活歌風を装い、また別に、ハードボイルド風のものとして、叙情の趣きを弾ませたものとの視界が開けてくるのである。

石をもて追はるるごとく
ふるさとを出でしかなしみ
消ゆる時なし

右は歌集の「煙二」章に収まった、二一四番目の歌（初出「スバル」明治四三年一一月）である。

いかにも作者の出郷事情に即した感傷歌のように写る。事実、その通りの作柄なのであろうが、ここにも『聖書』との関わりが認められる。新訳「ヨハネ伝」の方で、その第八章三節〜七節に「法律学者たちやパリサイ人」が、「モーゼの法律」を盾に、「イエス」の考えを試した場面――「イエスは身を起して彼らに言われた。『あなたがたの中で罪のない者が、まずこの女に石を投げつけるがよい……』」とあるところに注目したい。啄木はこの部分に思惟を加え、文言を引き寄せて己が出郷事情へと想をつなげ、共同体から押し出された〈われ〉といった構図でもっての、感傷的な叙情を紡いだのではあるまいか。そうであるに違いない。

神様と議論して泣きし――
あの夢よ!
四日ばかりも前の朝なりし。

『悲しき玩具』から取り出してみた。歌稿ノート「一握の砂以後」中にあって、はじめ三行形式で「創作」(明治四四年二月)に載り、第二歌集の五五番目作となった。この一首の場合は、旧約の『ヨブ記』と『エレミヤ書』の双方との関連が予想される。前者では第三八章〜四二章(終章)までの、張り詰めた〈ヨブ〉が「主」と交わす、神学論めく緊張場面＝啓示者「主」が

〈ヨブ〉の信心を確めるために、対する〈ヨブ〉は、懸命に真心を差し出しての対話の様相としてある。そして後者では、第一二章第一節の、主人公〈私〉による問い掛け＝「主よ、わたしがあなたと論じ争う時、あなたは常に正しい。しかしなお、わたしはあなたの前に、さばきのことを論じてみたい。悪人の道が栄え、不信実な者がみな繁栄するはなにゆえですか」とあるところ…。ともども咀嚼・反応（内なる抑圧感覚を充足させる表現のヒント）とし、あえて「あの夢」という心因空間を以て「神様との議論」という歌界を開き、そこに〈われ〉の「泣きし」という感傷語を据えたものらしい。リアルな体験として印象づくのは、作者の技量の確かさに依るものと思われる。

＊

以上、啄木叙情の大まかなところに分け入ってみた。このように、旧約の「ヨブ記」を中心に「雅歌」「ヨナ書」「エレミヤ書」などからの、新訳では「マタイ伝」「ヨハネ伝」からの、諸々とせる文言の浸順（想材の獲得）があったとの察しがついた。もし彼が一九世紀イギリスの作劇家オスカー・ワイルドが、「マタイ伝」第一四章第六節以降に依って、戯曲『サロメ』（一八九一年）を書いたと知っていたならば、あるいはそこへと創作心を及ばせていたかもしれない、とさえ思ってみたくなるほどの『聖書』受容であったと言えるかと思う。見えてきたことは多い。啄木文学が豊かな証拠である。

三、アンデルセンの『即興詩人』受容による諸相

1、視界を開く

詩人啄木の初期史——学業の放棄と引き換えた、だから一七歳一〇ヵ月で上京したとき、本人には、格別に気になる外国作品があった。いまだ『Surf and Wave』に出会う前のこととて、その情報はどこから得たものか。はやくも文学的始走態勢に入ったとはいえ、あてのない東京行きを決行。明治三五年一一月一日上野駅に降り立った。そして前途を開こうと懸命に動き回り、ようやく麴町の大橋図書館での、森鷗外訳『即興詩人』[1]の閲読をかなえている。

当該の『即興詩人』は、一九世紀デンマークの文豪アンデルセン（一八〇五～七五）が、三〇歳の時のイタリア旅行体験をもとにした青春小説で、原題は「Improvisatoren」。つとに世界的名作として知られている。鷗外がドイツ留学を終えて帰国時に持ち帰った、ドイツ語のテキストに始まる。彼は『即興詩人』の訳題のもと、訳稿を順次主宰誌「しがらみ草紙」及び「めざまし草紙」に連載。約九年かけて完訳した。そして一年半後、老若男女が親しめるようにと四号活字で組み、上下二冊セット本とし、出版書肆春陽堂から世に出した。啄木が初めて東京

の土を踏む、その二ヵ月前のことである。

新鮮さという点では、出掛けた先の大橋図書館も創立をみたばかりであった。博文館（総合雑誌「太陽」をはじめ「少年世界」「中学世界」「女学雑誌」」等を発行）で成功した大橋佐平が、創業一五周年事業として設立主を志し、その息子新太郎が後を継ぎ、邸内に設立したのが、財団法人組織の同図書館であった。鷗外の『即興詩人』が出る、実に二ヵ月前のことである。約一〇〇坪から成るこの新図書館は、啄木の止宿先から歩いて行ける範囲にあったことから、彼は規定の入館利用料（一回三銭）を払い、四度（一三日・一六日・一八日・二二日）にわたって利用した。

2、日記「秋韷笛語」の記述

この頃より、とりわけ演劇新派の間では、貧困な台本を超克すべく、趣向の凝った小説による台本作りが流行りだす。しかして翻案ものも含め、書物となった物語や新聞・雑誌等の掲載作品が、おのずと注目度を高めていった。おりから丸善扱いの『大英百科全書』が爆発的に売れ、その一方で、初めて悪疫ペストが本所方面に発生するといった状況下とて、郷里から出て来たばかりの啄木にとっては、緊張と発奮の連続であったようだ。

そうした中での図書館は、彼にとっての充足の場＝知の殿堂そのものを意味した。「運命の神（が降りて）……人生の高調に自己の理想郷を建設せん」との気持ちを奮い立たせ、上京直前から始めた日記「秋蛩笛語」に、大橋図書館利用の日のことを、次のように書き留めている。

①「午後は図書館に『即興詩人』よむ。飄忽《ひょうこつ》として吾心を襲ふ者、あゝ何らの妙筆ぞ」（一一月一八日）

②「午後図書館に行き急に高度の発熱を覚えたれど忍びて読書す。（……）『即興詩人』中に世界を美しき乙女にたとへて、世の人はその局所繊細の所のみを詮索すれども、詩人は全体の美しきを観賞して吟詠す云云の条あり。以て詩人芸術家一般の批判となすべし」（同二二日）

右の①は、三度目に利用時の感想部。『即興詩人』のページを繰り、「何らの妙筆ぞ」と綴っていたのであるが、これは一義的には鷗外の訳文を通しての原作理解だが、はやくもロマネスクの本質に感覚が及んでのことであったらしい。翌日の日記に「この日一日小説の構想（……）の考安にて日をくらす」とある。小説に対する本気度が芽吹いた瞬間であったろうか。利用四度目の②では、原作中から「詩人芸術家一般」の心得としてつかみ出し、それなるをもって、文学志向の旅に出た修行の身を鞭打つ警句として、自身へと反射させての記述となっている。

ところで②は、帰宿後も「悪寒頭痛たへ難き故六時に就寝したり」とある後の記述であるが、『即興詩人』のいずれの章に依ったものか。下巻の「夜襲」章に注目したい。侯爵〈ポルゲーゼ〉夫妻に伴ってイタリアの名所ペストゥムの遺跡に至り、しばしの解放された合間、傍らの〈ジェンナロ〉が詩人たる〈アントニオ〉に語りかけて来た言葉——

いかに詩人よ。共に麓のかたに降り行きて、かしこの風景の美のここに殊なりや否やを見んとおもはずや。少くも女性の美は麓のかたの優れたること疑ふべからず。こゝの隣房なる英吉利婦人の色蒼ざめて心冷なるは、我が堪ふること能はざる所なり。おん身も女子《をなご》を見ることをば嫌ひ給はぬならん。恕《ゆる》し給へ、こは我ながらおろかなる問なりき。……

一方の〈アントニオ〉は、無口のまま行動を共にしているのであるが、この〈ジェンナロ〉の〝凡人ぶり〟を曝《さら》したシチュエーションこそ、体調絶不調の啄木をして元気づかせ、日記の②の記述となったのであった。自分も〝世界の全体〟を見よう、と戒めているのである（彼は〈ジェンナロ〉の凡たるところに気づき、真の詩人・芸術家の本質を思惟。ここでは詩人〈アントニオ〉に注目しつつ、読みを楽しんだとなるようだ）。

3、詩「めしひの少女」の創出

独創の陰に類縁めくものがちらつく…。かつて日夏耿之介は『あこがれ』を指して「早熟少年の模倣詩集にすぎない」(『明治大正詩人史』)と言ったが、いま見てきた受容実態がある以上、「模倣」は訛言《かげん》にすぎぬとしても、そのような言われを生むような作品が存在することも事実。実際は、それに依ったといえども独自作と言うべき叙事詩で、長さでは最大級の「めしひの少女」(明治三八年三月一八日作)である。

これより一ヵ月前の詩篇「小田屋守」「凌霄花《のうぜんかつら》」「草苺」に、詩素を『即興詩人』とつなぐような気配があって、一挙にイメージの凝縮へと至ったのが当該作であった。出来立ての作は、直ちに与謝野鉄幹の許へと持参したものか、四月の「明星」誌上を飾り、その一方で、出版準備中の『あこがれ』の巻末に収まった、五七調八〇行らから成る長大作である。少しく原作の雰囲気に出会ってみよう。

めしひの少女

『日は照るや。』声は青空
白鶴の遠きかが啼き、——

ひむがしの海をのぞめる
高殿の玉の階《きざはし》
白石の柱に凭りて
かく問ひぬ、盲目《めしい》の少女。
答ふらく、白銀《しろがね》づくり
うつくしき兜《かぶと》をぬぎて
ひざまづく若き武夫《もののふ》、
『さなり。日は今浪はなれ（略）

通しての叙界は――〈海辺の石造り殿舎の一角。視力のない〈めしひの少女〉が「陽が射していますか」と傍らの若者に問うと、彼は被っていた「白銀の兜」を脱ぎ、跪《ひざまず》いて「太陽は海面を離れ、貴方の凭りかかっている大理石の円柱の上半分までとどいています。もうすぐ貴方の顔にも、腰の辺りにも、私の顔にも射し来るでしょう」と答えた。耳を澄まして聞いていた〈少女〉は、円柱の上へと手を伸ばして「陽が当たって温かいですね。帆船や雲が見えますか」と…。そこで立ち上がった若者は、力強く「ああ、海には二艘の帆船が、貴方と私の間柄のように離れて浮かんでいます。きっと想い合う人たちの手紙を異国へと運ぶのでしょう。紅の帆を上げましたよ。雲ひとつないので、貴方と私がバラの茂みに身を寄せ合い、花の薫りに酔いしれ合えるように、そんな恵みの多い陽射しとなりそうです」と答えた。すると〈少女〉は「自分の胸の中は太陽のように燃えています。貴方に真実を見る目があるならば、この内なる熱い想いを見ることが出来るはずです」といった。そこで若者は身を寄せて「貴方も私の双眸の中に、身を焦がすような心の輝きを見ることが出来るでしょう」と言って抱きしめ、互いに唇を重ね合った。陽光が至福の二人を包み、恋の勝利感が海原へと広がって行った〉――。

歴史のある海辺の古跡。海原から太陽が昇り、石段を擁す円柱の辺りに白銀の兜をつけた〈武夫〉と盲目の〈少女〉が居て、兜を脱いだ若者が盲目の〈少女〉の目となり、かつ純情な会話の続きに「もえもゆる恋の口吻」がある。そして「勝ちほこる胸の歓喜」を伝えて終わっている。まさしく舞台仕立ての大げさな〝デート詩〟と言ってよく、『あこがれ』には含まれなかったが、先立っての劇詩「死の勝利」(雑誌発表形態では劇詩「風絃揺曳」)の作りを思わせる叙事バージョン。いささか掌編小説＝ショート・ショート風でもあり、啄木としては渾身の考案作として、巻末の叙情に配したものと思われる。

ここで『即興詩人』へと目を移すとしよう。イタリアの名跡巡りの後半、侯爵〈ボルゲイ夫妻〉に随伴する〈アントニオ〉が、ペスツム村のかつての神殿の跡での自己語り、すなわち、下巻の「古祠、瞽女」章の場面に注目したい。

我等は倒れたる一円柱の趺上に踞《ふ》したり。（……）山の姿、海の色、この古祠の頽敗の状など、一として我情を動かさざるものなし。（……）われは柱を背にして立ち、小時記せしところの一歌謡の調を借りて、目前の景を歌ひ出せり。山水の美、古芸術のすぐれたる遺跡を見るにつけ、哀なるはかの目しひたる少女の上にぞある。この自然の無尽蔵は誰も受くべき賜なるに、少女はそをだに受くることを得ずといふ。これ我一曲の主なる着想なりき。（……）少女は祠の礎に腰掛けて、身を無花果と「ミコルツス」との裡に埋め、手に一物を取りてこれを朱唇に宛て、面に微笑を湛へたり。（……）われはこの哀むべき少女の我歌を聞きしを知りぬ。（……）我は再び身を僂《かが》めて少女の額に接吻せり。少女はあなやと叫び、物に驚きたる牝鹿の如く、瞬く隙に馳せ走りぬ。（……）彼子の名をばララといふとこそ覚ゆれ。

たくさんの省略を行なったが、その部分をも含めて語り出された、「十二歳を踰《こ》えじと見ゆる、すぐれて麗《うるわ》しき娘」「瞽《こ》」（二回）、「瞽女」（二回）、「目しひたる少女」（二回）、「目しひたる娘」（二回）、「あはれなる少女」（二回）と繰り返し語り出されてある」ところの〈ララ〉に対して、啄木はいたく関心を寄せたようだ。そこで彼は、この光のない世界で潑剌と生きる少女と、彼女に関わる〈アントニオ〉というキャスティングに着目。生じしめた「接吻」という行為に

「愛」を噛ませて応用し、青春賛歌の叙情の世界を組み立てた……。それが「めしひの少女」であったと、解せるのである。

検証してみよう。アンデルセンが創出の当該部と、長詩「めしひの少女」との相関わり方が尋常ではないということで、ここでは《時代—場所—建物—風景—人物》の五点でもってチェックしてみるに、次の相関一覧が得られる。

事項／作品	『即興詩人』の「古祠、瞽女」	「めしひの少女」
時代	近代以前？	近代以前？
場所	イタリアのペスツムの海辺	非日本的（西欧的）地域の海辺
建物	古祠《こし》・海神祠《ポセイドン》	高殿《たかどの》・恋の高殿
	円柱・柱・石段《いしだん》	白石の柱・円柱・玉の階《きざはし》
風景の一部	紅《うすべに》の霞《かすみ》	紅の帆
	いにしへは此《この》村薔薇《さうび》の名あり	薔薇《ばら》の苑生《そのふ》

人物（女性）	少女《をとめ》は…瞽《めしひ》なる めしひたる少女 かの目しひたる娘《おとめ》	めしひの少女《をとめ》
	髪平《かみたいら》かに結びて 少女の面《おも》の 石彫《いしぼり》の像なれば 唯《ただ》の双眸《さうぼう》は 少女アンジエロにやと呼びぬ	なみびく髪《ぐし》 玉のみ面《おも》に 石彫《いしぼり》の姿に似たる 我双眸《わがさうぼう》の 『日は照るや。』と……かく問ひぬ
人物（男性）	アントニオ（若い即興詩人） 身《み》を僂《かが》めてさし覗《のぞ》けば 再び身を僂《かが》めて 少女の額《ひたひ》に接吻《せつぷん》せり	若き武夫《もののふ》 ひざまづく若き武夫《もののふ》 寄り添《そ》ひて 少女を抱き……恋の口吻《くちづけ》

右の対照一覧によって、あらためて鷗外訳『即興詩人』との相関関係が判然となった。かくある以上、しかし、原作から盗み取って自分のものにしたとはならず、啄木にとっての『即興詩人』は、あくまでも詩「めしひの少女」の《種本》であったとの《解》が得られるのである。

このようなことなので、誤解が生じないように、例えば、蒲原有明の詩集『春鳥集』(明治三八年)所収の詩「姫が曲」の場合のように、ここでも同様の「詞書」があってもよかった(と言えようか)。

ここまで辿って来て、如上で済まされないとしたならば、さほど遠くない過去の己が逢瀬の甘美な記憶(節子との恋愛)を、無視出来るわけでもあるまい。『即興詩人』の〈アントニオ〉と〈ララ〉よる、あうんの接点ともシンクロナイズしての想の飛躍!。そうだとしたならば、啄木は自らの恋愛を重ねつつ、それなるロマネスクの中を旅し、叙情を奔騰させていたとなるだろう。詩「めしひの少女」は、たくさんのことを伝え来るのである。

4、詩「天火盞」も作りは同じ

作品の生成の問題を考える、もう一篇の存在にも気づかされる。短詩「天火盞」を指してのことである。長詩「めしひの少女」に先立つこと四ヵ月、雑誌「白百合」に投じられ、『あこがれ』の後半部に「甲辰(明三七)一一月一八日」作として収まっているのであるが、ここにも「盲ひし子」が歌いだされている。

天火盞

恋は、天照《あまて》る日輪《にちりん》の
みづから焼けし蠟涙《ろうるい》や
こぼれて、地に盲《めし》ひし子が
冷にとぢける胸の戸の
夢の隙《すき》より入りしもの。

夢は、夢なる野の小草、
草が天さす隙間より
おちし一点《ひとつ》の火はもえて、
生野、生風《いくかぜ》、生燄《いくほむら》、
いのちの野火はひろごりぬ。

日光《ひかげ》うけては向火葵《ひぐるま》の
花も黄金の火の小笠。
燬《や》かれて我も、胸もゆ

恋のほむらの天火盞《あまほざら》、
君が魂をぞ焼きにける。

短いので全体を取り出してみた。詩題の「天火盞」は、三連目の同句によって「あまほざら」の訓《よ》みとわかる（「盞」の字音は「さん・せん」で、字義は「玉で作った小さな杯」だが、ここでの使用は作者の自流）。意味を強烈なレトリックで仕掛けてある。その箍《たが》を外すと、歌ってある世界は「盲ひし子」の恋に特化し、それなる「恋」は、あたかも太陽の光熱で蠟が融け落ちるように涙腺を緩《ゆる》ませ、夢を含み、魂（純情心）を焼くように心を焦がす、その心身の状態だとし、何も見えない彼女の「恋」を、美しく情熱的に歌い出しているのである。

むろん、それなる調べの構成者は作者であっても、自身の恋愛体験を歌ったとは認めがたい。明らかに仮構に依ったとわかる。ならばアイディア源は何であったか。この問題意識上に浮かび上がるのが、『即興詩人』の〈ララ〉の姿である。文字通り「盲ひし子」の条件を備えた、彼女の美的再生の詩界を構想。心寄せる若者がいて、しかし、自分ではどうにもならないがゆえ、ますます高まる胸の内、その火照るような恋心を、一幅の絵のように心の姿として歌い出したと解せる。

彼女の「恋のほむら」の対象者は誰か。それなる肝心の相手は詩脈に嵌っていないが、多分に〈ララ〉譚の〈アントニオ〉のイメージが想定されているのかもしれない。そうだとして、ならばここでの「地に盲ひし子」は、後継作＝すでに見て来た「めしひの少女」のアーキタイプであったとなる。だからまた彼女は〈ララ〉のプロットタイプをなす、との類縁性を見て取ることができるのである。

なお『即興詩人』の受容関連で、他にも指摘となる作品が存在する。結論だけで記せば、詩「おもひ出」（明治三七年一二月末作）の場合、これが同小説の最終章「瑯玕洞《ろうかんどう》」による着想であることは、その第三連中に「瑯玕の宮柱立て…」といった対応表現があることによって察しがつく。また詩「黄金幻境」（明治三七年五月六日作）には、下巻の「夢幻境」及び「瑯玕洞」の詩想をくまえているらしいこと。詩「沈める鐘」（明治三七年三月一九日作）の第一連中の「七宝花咲く紫雲の『時』の車《くるま》」とある詩句には、下巻の「末路」章中の「むかし羅馬の通衢《つうく》を駆る凱旋の車」云々とある一節が、言い換えのパターンで嵌っている。まだ散見するが、以上に留める。

5、小説『二筋の血』の場合

日を経て再び東京の人となった啄木は、とにかく小説『菊池君』『病院の窓』『母』『天鵞絨《ビロード》』と書き継ぐものの売れず、趣向を変えての一篇が『二筋の血』（明治四一年六月稿）であった。

「夢の様な幼時の追憶（……）十五六年後の今日でも猶、鮮やかに私の目に残ってゐる事が二つある」と書き出した、かくなる手の内を仮構の証しとする〈私〉の身辺譚である。

おりからの文壇の潮流（自然主義の席巻）を睨んだ、社会の底辺に生きる子供と大人の、それぞれの悲劇で、タイトルに筋を予感させる手法がとられている。キーワードは《人身事故》で、物語の内部に人道主義にもとづく問題提起があり、生活を賭けて取り組んだ本人としては、密かに期すものがあったようだ。ここでは、それなる《人身事故》の部分に絞り、その事件アイディアの近接もしくは関連の実体を、『即興詩人』をもって考えてみたい。――ということで、二話の発生せる悲劇部を取り出してみる。

①「藤野様ア水車の心棒に巻かれて、杵《きね》に搗《つ》かれただ」と大声に喚《わめ》いた。私は偽《うそ》とも真《まこと》とも解らず、唯強い電気にでも打たれた様に、思わず声を立てて「やあ」と叫んだ。（……）生々しい紅の血が、三分程の幅に唯一筋！（……）私は、鮮やかな一筋の血を見ると……

②女乞食は、大儀相に革の中から頭を擡《もた》げたが、垢やら埃やらが流るる汗に斑《ふ》ちて、鼻のひしゃげた醜い面に、謂ふべからざる疲労と苦痛の色。左の眉の上に生々しい疵《きず》があって、一筋の血が頰から耳の下に伝つて、胸の中へ流れてゐる。「馬に蹴られて、歩けねえだもん」と、絶え入りさうに言つて、又俯臥《うつふ》した。（……）と、赤児が稍大きい声で泣き出した。

語り出された①は、八歳で亡くなった同級生の事故譚にして、②も同じ頃に村で起こった事件としての設定である。この仮構を図るに依るところがあったとしたならば、それもまた『即興詩人』ではあるまいか。上巻の「花祭」章に、人身事故譚としてのものが、次のように描き置かれている。

母上はしかと我肩を按《おさ》へて、人に押し隔てられじとし給へり。(……)我等は彼方へおし遣られ、又此方へおし戻されき。こは一二頭の仗馬《じやうめ》の物に怯ぢて駈け出したるなり。(……)側には母上地に横り居給ふ。これを囲みたるは、見もしらぬ人々なり。馬は車を引きたる儘にて、仆《たお》れたる母上の上を過ぎ、轍《わだち》は胸を砕きしなり。母上の口よりは血流れたり。母上は早や事きれ給へり。

いわゆる主人公〈アントニオ〉の、幼時における母との別れ譚である。馬の暴れに依るところは前掲の②で、母の喪失という点でも、赤ん坊である①のケース内在の②の事件とも対応しあっている。不慮の事故死の発生、その場に居合わせているということでも、①②とパターンが同じである。このようなことなので、小説『二筋の血』の構想の際、上掲「花祭」章の、当該部がヒントもしくは直々の下敷きとなっていた、との想定が可能になっている。

6、短歌領域への影響

詩と小説とともに、短歌の領域でも全力を出していた。とりわけ小説では先が開けず、悩める気持ちを切り替えるように、啄木は突如として夜を徹し、たくさんの歌を詠んだ。また、新詩社の徹夜百首会でも、競い合うように集中し、歌稿ノートを埋めた。そうした詠草の中には、多分に脳裏をよぎってでもいるらしい劇的な人物が、叙情の中心に嵌ることがあった。あえて四例に出会ってみよう。

・ゑみて見ぬ火の如もゆる罌粟《けし》を持ち十二許りの少女子ぞゆく　（明治四一年六月二五日作）
・ふと路にあひて手をとりありしのみ盲ひし人と盲ひし人と　（明治四一年八月八日作）
・深きこと我を見つむる少女子の黒き瞳に如くものぞなき　（明治四一年八月二九日作）
・明々と月てる大路大跨に歩みてゐたり一人の盲人　（明治四一年八月二九日作）

いずれも非日常歌で、作者の創意するイメージに基づく浪漫歌であるが、起想源は明らか。

やはり下巻の「古祠、瞽女」章に描かれていた少女〈ララ〉を以ての創作であるに違いない。「十二許りの少女」「盲ひし人」「黒き瞳」「盲人」などは、そっくり〈ララ〉のそれと重なる。単に〈ララ〉の愛着にとどまらず、この薄幸の少女を再生・再創造し、その自立した動きの絵画的な歌い出しとなっている。では、歌集に収まった中ではどうか――。

大形の被布の模様の赤き花
今も目に見ゆ
六歳《むつ》の日の恋

（『一握の砂』）

歌集の「煙二」章にある身辺歌（二二三番歌）で、前後の叙情とともに雰囲気を出しているのであるが、これまでに発表をみていない、歌集に初出（編集段階での詠出らしい）の歌である。このようなデビューのケースは他にも見られるが、ここでは「六歳の日の恋」とあるところに、即興の動機を秘めているように思われる（自分の原体験のように歌われているものの、誇張の効かせ方に強い創作性を宿す）。ならばやはりあれか？　そう閃いて『即興詩人』に戻ると、冒頭章「わが最初の境界」に、主人公〈アントニオ〉が、己が「六歳」の時の「十字架に接吻」譚を母親をまじえて披露しているではないか。

おもふにわれは最早六つになりし時の事ならむ。われはおのれより穉《おさな》き子供二三人と向ひなる尖帽僧《カツプチヨオ》の寺の前にて遊びき。寺の扉には小さき真鍮《しんちゆう》の十字架を打ち付けたりき。その処はおほよそ扉の中ほどにて、われは僅に手をさし伸べてこれに達することを得き。母上は我を伴ひてかの扉の前を過ぐるごとに、必ずわれを掻き抱きてかの十字架に接吻せし給ひき。(……)この時母上通りかゝり給へり。この遊のさまを見て立ち往まり、指組みあはせて宣《のたま》ふやう。汝等はまことの天子なり。さて汝はといひさして、母上はわれに接吻し給ひ、汝はわが天子なりといひ給ひき。

キリスト教文化圏が舞台なので、この社会的・家庭的環境にある〈アントニオ〉の己が幼少期を語り、幕が上がっているのであるが、独白をみた「六歳」のときの原体験＝「十字架に接吻」とあるところは、当該歌のアイディア源となった可能性がある。否、そうであるに違いない。この場合、一行目「大形の被布の模様の赤き花」とあるのには、小説『二筋の血』の悲しい夭折者〈藤野さん〉の着衣＝「赤き布片(……)大きな菊の花を染めた、派手な唐縮緬《とうちりめん》の衣服(……)蓮華《れんげ》の花……」といった柄のイメージが、被《かぶ》さっているようにも考えられよう。
主人公〈アントニオ〉の原体験を引き寄せ、それを己が幼少期の「恋」へと換喩した世界……。すなわち「六歳の日の恋」を歌う〈われ〉が、それなる己の幼少期を《神話》として見せているところに、啄木の詠嘆術の骨法を覗かせるものがある。歌集『一握の砂』の世界が含蓄に富む理由である。「秋風のこころよさに」章から――

愁ひ来て
丘にのぼれば
名も知らぬ鳥啄《ついば》めり赤き茨《ばら》の実

（『一握の砂』）

この一首（二六二番歌）には、複数の重なりがあるように思われる。小説『二筋の血』を悩みつつ書いた直後、与謝野夫妻から「為替五円」が届き、幾冊かの本と共に『蕪村句集』を買った。当日の日記（明四一年八月五日）に「唯々驚くに堪へたり」とある。この事実を考え合わせるに、右の一首には、蕪村句である「愁ひつつ岡にのぼれば花いばら」をもっての応用、あるいは句柄の借用という側面があるように思われる。

同句集を手許においた三日後、千駄ヶ谷の歌会において啄木は、「愁ひ来て岡に上れば名も知らぬ鳥啄めり赤き茨のみ」と詠んだ。そして直ちに「明星」（明治四一年一〇月）へと投じ、日を経て三行形態でもって『一握の砂』作品とした。――ということであるが、さらに考量の先が延びる。すなわち、叙情の骨格形成語句「愁い‐丘‐鳥‐赤き茨の実」となる、そのつながりで意味化しているところは、『即興詩人』の「末路」章にみられ、実に「愁ひ来て……」の一首と〝スパークしている〟となるからである。

アヌンチャタが末路は奈何なりしぞ。（……）友なるポツジョおとづれ来ていふやう。何という顔色ぞ。恐ろしき巽風《シロツコ》もぞ吹く。若しその熱き風胸より吹かば、中なる鳥の埃及人《エジプト》の火紅鳥《フヨニツクス》ならぬが、焦がれ死するなるべし。野にゆきては茨のうちなる赤き実を啄み、窓に上りては盆栽の薔薇花に止まりてこそ、鳥は健かにてあるものなれ。わが胸の鳥の楽を血の中に歌ひ籠《こ》めて、我におもしろしく世を渡らするを見ずや。殊に詩人たらんものは、庭の花をも茨の実をも知り、天井の灝気《こうき》にも下界の毒霧にも搏《はう》つ鳥を畜へでは協《かな》はずといふ。

当該部を取り出してみた。かつての恋人〈アヌンチャタ〉が他界したと知り、落ち込む〈アントニオ〉に対して、友人の〈ポッジョ〉が《詩人の感性をはたらかせて、悲しみを乗り越えよ》と励ましている場面である。心象下にある「野―鳥―茨―赤き実」といった具象は、蕪村の「愁ひつつ岡にのぼれば花いばら」と半ば共通する。啄木は、こうした先行文献に想を近づけ、だからこのような複合的受容実態をなして、それなる一首＝「愁ひ来て／丘にのぼれば／名も知らぬ鳥啄めり赤き茨の実」という叙情を紡いだ、との読み解きとなるのである。

さらに加える要素があるとしたならば、それは先行せる北原白秋の詩の一節＝「見るとなく涙ながれぬ。／かの小鳥／在ればまた来て、／茨のなかの紅き実を啄み去るを。」（「断小」七）ということになるだろう。悲しみの目に捉えられた「小鳥が茨の赤い実を啄む」という情景は、蕪村の当該句との関連を予想せしめる。この白秋の詩句が、啄木に影響したかどうかはわからない。類似の状態にあることだけは確かなこととなす。

以上、鷗外訳『即興詩人』の受容問題を、広角的に探ってきた。潤沢なロマネスクの在り処として、異邦の世界（人間劇）と文学の面白みを伝えた同書は、若き日の啄木を刺激し、その創作活動と深く関わっていたことが判然となった。あらためて受容問題の重要性が認識せられるのである。

注

（1）鷗外訳『即興詩人』の文庫版（昭和三年六月）を出した岩波書店から、もう一種類の訳本＝大畑末吉訳『即興詩人』の文庫版（昭和三五年六月）が出た結果、双方の独自性が明白。大畑の厳訳に対して、鷗外の擬古訳の独自なるところが解りやすくなった。山室静は「日本では森鷗外の名訳によって明治大正期の青年を感激させた」と『新潮世界文学小辞典』の当該項に記した。また、東京堂の『比較文学辞典』にも「『即興詩人』の（……）ロマンチシズムが、森鷗外のやや創作的な面も含んだ名訳によって、原作以上とも評されている」とある。

（2）この長詩「姫が曲」については、所収の『春鳥集』（明治三八年七月）の当該個所に詞書を付し、これがギル（W. W. Gill）編集の『南洋諸島の神話及歌謡』中の「泉の精」に依った旨記してある。

四、ツルゲーネフの諸作品の受容による諸相

1、視界を開く

はじめに漂流者の例を引くのだが、伊勢の商人大国屋光太夫は、台風でロシアのアムチカ島まで漂流し、生き延びて九年（ペテルブルグではエカテリーナ女帝に謁見）。アダム・ラクスマンの船で根室に帰還できたが、江戸で幽閉中に亡くなった（享年七七）。来航者ゴロウニン（ロシアの軍人）と、ロシア側に捕まっている高田屋嘉兵衛との交換が行われた、その直前のことである。(1) 鎖国下、通商を求めるロシア側からのアクションがあっても、それに応え得る国の体制になく、先進文化の在り処がわかっていても、移入の動きにはならなかった。

それから半世紀、明治維新によって日本は西欧化を志向した。知識人たちの啓蒙活動があり、お雇い外国人の顔が増え、いろいろな言語の習得が急がれた。露語科を擁す東京外国語学校が官立化へと向かい、また個人の教師につく若者もあり、適宜に諸外国の情報や文献の流入をみて、西欧的芸術全般への関心が高まる。国内事情とあいまって政治小説と言われる文物の出現をみた一方で、西欧の名作の移入＝翻訳文学が盛行した。西欧の文学理論の移入は、新文学誕

生の契機をなし、文学の社会的地位を押し上げていく……。

筆名二葉亭四迷、本名長谷川辰之助の場合、学んでいた東京外国語学校の露語科が、東京商業学校の露語科へと移管されたのを機に学窓を退き、英国人教師について英語・英文学を習得した。そして坪内逍遥に兄事し、小説『浮雲』で二葉亭四迷として世に出た。その間、英国の翻訳家コンスタンス・ガーネットの英訳版との関わり合わせで、ツルゲーネフの小説『父と子』（一八六二年）の訳出に取りかかるも、途中で断念。以後はじっくりと取り組み、短篇『片恋』『あひゞき』『めぐりあひ』までをもって、翻訳集『片恋』（明治二九年五月）を世に送った。小説『猟人日記』の部分移入でもあった。

森鷗外もドイツ時代、レクラム文庫でツルゲーネフ作品を読んだという。英文学を修めた上田敏は、移入英訳版等を傍らに順々と訳出につとめ、短篇『田舎世界』『山霊』『祈禱』『老嫗』『犬』『わが家』『満足』『処世法』『戦はむ哉』でもって『みをつくし』（明治三四年一二月）を上梓した。これがまたツルゲーネフ熱を呼び込んだものか、吉江孤雁は『ツルゲーネフ短編集』（明治四一年四月）を、相馬御風は『その前夜』（明治四一年四月）を、戸川秋骨は『猟人日記』（明治四二年八月）を出版。仲田勝之助の場合は、ツルゲーネフが在仏中に「ヨーロッパ報知」に載せた散文詩五〇篇を三年がかりで完訳し、恩師の島村抱月・馬場孤蝶の「序文」付きで、原題踏襲の『セニリア』（明治四三年一一月）を上梓した（さらに拡げると、見えてくるものが多くあるが割愛）。

2、まず『猟人日記』中の短篇に親しむ

さて啄木であるが、詩稿ノート「Ebb and Flow」の余白から「Hamlet, to be or not to be」といった落書きを拾い得る。この一事からも窺えるように、彼はシェイクスピアの『ハムレット』を含む外国文学に、早くから反応していた。適宜に認められる日記や感想・評論文等を見ても明らかである。絞ってのツルゲーネフ関連では、言及の最初が「岩手師範学校交友会雑誌を読む」（明治三八年八月）においてであった。次のようにある。

同校教師なる梧堂氏の訳、イワン・ツルゲーネフが散文詩四章は、原作の面白きだけ、面白く読まる。但し原作の簡潔雄勁《ゆうけい》なるに比して、訳文或は幾段の精錬を欠くに似たり。（……）『みをつくし』中に輯《おさ》められたる上田敏氏の同文の訳と比しても、よく訳法の功拙を見るを得べし。

啄木は一〇代の終わりころ、上田敏の訳詩集『みをつくし』と出会い、ツルゲーネフに強い関心を寄せていたことがわかる。それから二年後、北に流れた流離の旅路において、二葉亭四迷訳の『片恋』（『猟人日記』の一部）を持ち歩き、汽車の窓から広漠たる大地の風景に心を寄せ、

感想との練り合わせのような、あるいは新世界を満喫するように、みずみずしい紀行文を綴った。

①秋雲雨を含める石狩の太平原を眺めぬ。赤楊の木立を交へたる蘆荻の間より名知らぬ鳥の飛び立ちたるを見て、何とはなく露西亜の田園を行く思ひしぬ。ツルゲーネフが「猟人日記」さてはト翁が「コサック」中の猟銃の章など心に残れる為めなるべし。

②所々に枯木や茅舎を点綴した冬の大原野は、漫《そぞ》ろにまだ見ぬ露西亜の曠野を偲ばしめる。鉄の如き人生の苦痛と、熱火の如き革命の思想とを育て上げた、荒涼とも壮大とも云ひ様なき北欧の大自然は、幻の如く自分の目に浮かんだ。不図したら、猟銃を肩にしたツルゲーネフが、人のよささうな、髯の長い、巨人の如く背の高い露西亜の百姓と共に、此処いらを彷徨《うつろ》いて居はせぬかといふ様な心地がする。

右のうち①は、函館大火で北上やむなしとなり、札幌へと移る最中のことを綴った手記「秋風記」で、②は、再移動で釧路へと向かう車中の思いによる走筆「雪中行」である。前者は「北門新報」（明治四〇年九月一八日）に、後者は「釧路新聞」（明治四一年一月二四日）の紙上を飾った（汽車による窮屈な長旅中の走筆自体、着任後の初仕事にそなえた心掛けであったか……）。双方とも短篇

『あひゞき』読後のイメージの弾みによっている。このように、さっそくツルゲーネフを持ち出しているのであるから、文学をもって身を立てて行こうとしている中での彼の受容は、気にした先のロシア文学一斑の情報とあいまって、新しい表現言語・ロマンチシズムの獲得の上からも、非常に大きな意味をもっていたと言えるのである。

啄木は、はやくも二葉亭四迷訳の『あひゞき』から、創作の回路を見つけ出している。その筋上の急所＝広大な大地の、一面にワシリョーク[2]（矢車草、blue-bottle）の咲きそう中に、まどろみ中の猟人（語り手）が居るとも知らず、直ぐ近くに現れた少女〈アクリーナ〉と、若者〈ビクトル・アレクサンドルイチ〉の二人が出現。睦言を交わすかと思いきや、少女が渡した花束をポイと捨てて去って行く男……。後を追ったが泣き崩れてしまった彼女……。その様子をそっと見ていた猟人が、慰めようと姿を現したところ、彼女は逃げて行ってしまった。捨てられた花束だけが無残に残されてしまう。――このようなクライマックスに感じ入ったものか、啄木は、前記「北門新報」に載せた手記「秋風記」にある実感を拡げ、一掬の人間ドラマ風にして、それを歌のしらべにのせた。

　ふためきて君が跡追ひ野路走り野菊がなかに寝て空を見る。

札幌から小樽へと転じて就いた「小樽日報」の、創刊一六日目の紙面（新設歌欄）に載せた「藻しほ草」四首中の一首である。ただし、筆名を〈緑衣生〉に変え、別人の作と見せかけてあるが、事情は不明。新紙とて紙面の活気づけを狙ったものか（「心の花」明治四一年七月号へと載せた際の筆名は〈工藤甫《はじめ》〉となっている）。いずれにしても、作品だけが北の大地にロマンを添えたとなる。

右の一首には、作者としての啄木の顔があるので、一次的には「寝て空を見る」のは、啄木の分身たる〈われ〉の自姿とみなされよう。しかし、すでに『あひゞき』の読み終えがあるので、それに依っているとの勘がはたらく。事実、歌柄に嵌っている人物＝去る人―「ふためきて…跡追ひ野路走」る人―「寝て空を見る」人という三角絡みは、前記の〈ビクトル〉―〈アクリーナ〉―〈猟人〉といった三者の関係構図に等しい。明らかに当該の一首が『あひゞき』のクライマックスに依ったと見なし得るところである。

啄木のリリシズムが、このような受容を通して詩美のレベルへと高まって行った、その先立ちがこれであったのだ。つづきがある。二年ほど経ってのことであったが、彼は過去の自分＝北海道の各地を転々としたという経験を、いま再びの叙情へと昇華させた。今度のそれは前掲の一行歌とは違い、三行に分けるという新しい形式でもって歌い出す手法を考案。しかも、従前の素材であるツルゲーネフの物語（「あひゞき」を含む）を、内容ではなくタイトルロールを図ったかのように、その名詞形でもって歌柄に嵌め、たっぷり意味をもたせて、叙白者〈われ〉の流離の旅を短歌のリズムに乗せたのであった。出会ってみよう。

みぞれ降る
石狩の野の汽車に読みし
ツルゲーネフの物語かな

明治四三年五月七日の「東京朝日新聞」に載せた一首で、直ぐに編集を開始した歌集「仕事の後」の再編新歌集『一握の砂』の「忘れがたき人人」章中に収まる（三六四番歌）。舞台が「石狩の野」とある以上、啄木の実録部＝明治四一年一月一九日に小樽を発って旭川へと向かう途中、義兄が駅長を務める岩見沢駅に途中下車しているので、これを勘案するに、歌柄に嵌る「ツルゲーネフの物語」の読書は、列車が石狩原野を走っている最中であったと解せる。ただし季節は真冬。降り来るのは雪片であっても、決して「みぞれ」状であるはずがない。仮構混じりの仕立てだとわかる。歌い出された世界が美しいのは、体験の正確さによらず、現実超克という文芸性の強さにあった。

当時、啄木は勤務先の朝日新聞社が刊行中の『二葉亭四迷全集』全四巻の編集を担当していた。前掲の「みぞれ降る」の一首は、その第一巻の刊行を終えた三日ほど後の作であった。いわゆる社運を賭けた事業の、その最初のノルマを果たしたという充足感が想を弾ませ、このような詠嘆にいたったのであろう。おりから企画準備中の歌集「仕事の後」の、そのタイトルを踏まえたような一首のデビューぶりであり、ツルゲーネフ作品に対する啄木の傾注ぶりが、あらためて全面化をみるとなるのである。

3、『その前夜』の骨法を批判的に吸収

ツルゲーネフの、訳題『その前夜』(一八六〇年)も、啄木には重く意味した。この作品は、はじめ五七居士・佐藤武雄による翻案「あらしの花美さほ草紙」として出たが、さらに一九年後、相馬御風がガーネット英語訳「On the Eve」を用いて重訳、邦題『その前夜』(明治四一年四月)となって巷間に渡った。これの受容者のうち、例えば〈哀果〉の雅号を用いる土岐善麿は、第二歌集『黄昏に』(明治四五年二月)を編むに、その第二章を「その前後」と銘うった。(3) また島村抱月は、帝国劇場における芸術座第五回公演(大正五年四月・楠山正雄脚色)の際、この作品を出し物にしている。(4)

啄木が、相馬御風訳『その前夜』を入手した経緯は定かでない。上京するや金田一京助の友

情で本郷の赤心館を宿とし、小説『菊池君』を書き始めるも途中で中断。あらためて『病院の窓』の稿を起したことと因果関係があるならば、手許に『その前夜』を置いたのは、明治四一年五月一八日頃となるのだが…。いずれにしても二日後、啄木は就寝前に同書を半ばまで読み進んだ。当日の日記に、次のように認めている。

寝てから御風訳の〝その前夜〟（ツルゲーネフの On the Eve）を半分程読む。どの人物も、どの人物も、生きた人を見る如くハッキリとして居る書振り！　予は巻を擲《なげう》つて頭を掻きむしつた。心悪きは才人の筆なる哉。

もしこの頃、小説に取り組んでいなかったならば、これほどの衝撃感に陥ることはなかったであろう。ツルゲーネフのリアリズム小説に、自らの作物もしくは書こうと思っている事柄を反照させ、力量の不足をかこちつつ、受けた刺激を自作に反映させずにはいられなかった、ということであったのかもしれない。同じ日の記述に『病院の窓』の方は「思ふ存分に書ける。少し筆をひかへなくちやならん位、自由に筆が動く」が、「〝菊池君〟の方を読み返して見たが、駄目だ、駄目だ、全部書改めなくちやならん」と思う……。書く順序の反転であるが、これには更なる理由（動機）があった。二日後の「日記」の記述に注目したい。

〝On the Eve〟を読みつづける。噫、インサロフとエレネの熱き恋！　予は頭を掻き乱される様だので、室の中を転げ廻つた末、〝ツルゲーネフ！　予の心を狂せしめんとする者は彼なり。〟と書いた手紙を下の金田一君にやる。金田一君が来た。予は唯モウ頭が乱れて、〝ツルゲーネフの野郎〟とさ呼んだ。そして必ずこのOn the Eveと競争するものを今年中にかくと云つた。

このようにあって、とりわけ『その前夜』（On the Eve）を構成する人物の細工・造型ぶり、および相互の関係性を、青春論・人愛論的につなげて読み進み、いま話界の全般部まで読み進んでの直感（感想）として書き留めてあるのだが、あわせて対抗心を掻き立て、それを自分の励みとする心の動きが、胎生しているということでもあった。

事実、筆力アップして『病院の窓』が六二枚にまで達したところで休憩、読みさしの『その前夜』の後半を読み切った。すると前半で感じ取っていた作品の魅力は失せ、むしろ時代遅れで、ならば自分も彼と勝負できる……といった思いを抱く。だからであろう、同月二三日の「日記」の記述内容が凄い。

ツルゲーネフは矢張十九世紀の文豪で、予は遂に菊阪町の下宿に居て天下をねらつて居る野心児であった。彼は死んだ人で、予は今現に生きてゐる…

彼は小説をあまりに小説にし過ぎた。それが若し真の小説なら、予は小説でないものを書かう。予は、昨夜彼と競争しようと思つた事を茲に改めて取消す。予の競争者としては、彼はあまりに古い、話上手だ。少し怠けた考を持つて居る。予は予の小説を書くべしだ。

生誕——恋——熱烈な恋

失恋——涙——意気地なし——死。

結婚

善良なる良人——父——死。

夫婦喧嘩——意気地なし——死。

これは一九世紀までの小説に現はれたる人の一生であるが、今はよほど変わった。

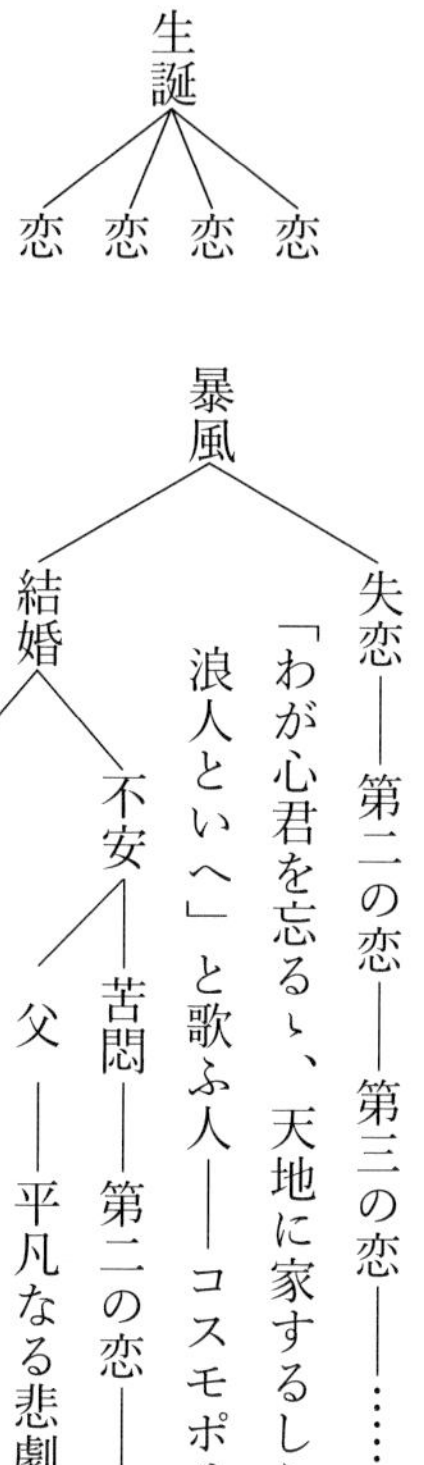

原文は右のようにある。人間がいて物語が成り立つところを、図解しているのであろうが、あくまでも「日記」に認めたもの。吟味して表に出したわけではない、ということを了解した上でとなるのだが……。啄木はこのような想の閃き認めてみたのも、ツルゲーネフの物語（『その前夜』の他にも『あひゞき』等を含めて）に啓発されていたからである。そこに自身の文学感・創作意識の深化を見届けておきたい。また、前日「ツルゲーネフ！　予の心を狂せしめんとする者は彼なり」と書いておきながら、翌日になると「彼は死んだ。（……）彼はあまりに古い、話上手だ、少し怠けた考えを持つて居る」とこけおろした。当否は別にして、ツルゲーネフ作品によって啓発され、前掲の記載となったのであるが、これも心の疲れを解き解す、便宜の手

法であったのかもしれない。

しかして気分を一新。手がけている『病院の窓』は三日後、九一枚でもって書き終えた。当日の日記に「満足の心が軽くて疲労の方が重い」とあるので、いささかツルゲーネフ越えの気分であったのであろう。とはいうもの、売れる原稿であったかというと、評価を得たとはなっていない。出来たと知って下宿一階の住人金田一京助は、さっそく中央公論社へと持ち込んだが、うまくいかなかった。ならばと自ら、当該原稿を抱えて森鷗外を訪ねたが、やはり結果は同じであった。友情に支えられた啄木であったが、小説で身を立てる道が開けない…。

この塞がりに挫けないのが啄木。彼はさらに諸々の想をめぐらしつつ、一方で『その前夜』から、一つの詠嘆素を嗅ぎ出し、それを以て歌を詠んだ。初め「森ゆけば遠き響きす木のうろに臼ひく侏儒の国に来しかも」と歌稿ノート「暇ナ時」(明治四一年一〇月一〇日作)に書き留め、「明星」(明治四一年一一月)へと投じた後、三行に改めて『一握の砂』の「秋風のこころよさに」章へと移した。

森の奥
遠きひびきす
木のうろに臼《うす》しく侏儒《しゆじゆ》の国にかも来し

自明の一首（二九八番歌）で、「侏儒」は難語だが、小人の意。秋風のこころよさに誘われて〈森の奥へと歩み入り、心を鎮めて居ると、響きくるものがある。はて、古木の空洞で臼を挽いている響きか？一瞬、小人の国に来たのかも知れない、との錯覚を覚えるのである〉と歌っているのである。いかにも実際の体験歌のごとくあるが、あくまでも非生活歌にして、観念による所産であった。しかも歌いに《種》が存在する。それがツルゲーネフの『その前夜』なのだ。次の句文に注目したい。

例えば秋の日、森の中にさすらへて森の神のいみじき歌ごゑに耳をすますとき……

当該作の冒頭部の光景――モスコーの河岸でくつろぐ二人の青年〈ベルセネフ〉と〈シュービン〉のうち、前者のセリフである。あえて絞っての抽出であるが、この短かい一句文でもって啄木の当該歌に対応させると、「森の中―森の奥」、「さすらえる―来し」、「森の神のいみじき歌ごゑ―遠きひびき」といった具合に、ともども対応の関係にある。これは偶然のこととは言い難い。明らかに「森の奥／遠きひびきす／……」歌のポエジーを育み、その作材となったのが、『その前夜』であったとなるのである。

なお、エッセイ「汗に濡れつゝ」の最終回（明治四二年八月五日）の叙情的な光景、すなわち、函館の大森浜辺に於ける二人の若者のくつろぐ様子は、いささか『その前夜』の冒頭の光景＝モスコーの河岸おける二青年の、それなる語り合いの形に似ている。シンクロナイズしていると言えなくもない。しかし、啄木自身の体験だけに依ったとも解せるので、ともどもの場面は類縁の形である、との指摘にとどまる（「汗に濡れつゝ」は存立の基盤が確かなので、これ以上の立ち入りは要さない）。

4、『うき草』の〈ルージン〉から叙情を汲む

物語のつながりでもう一篇。ツルゲーネフが、祖国ロシアの革命運動が最高潮に達している頃に書いた小説『ルージン』（一八五六年）から、ジャンルを違えて受容の線が延びていたことを、関わり問題として考えてみたい。この長篇は二葉亭四迷の訳で、明治三〇年五月に『うき草』の訳題でもって巷間に渡って、当時の若者や識者を刺激したことでも知られる。例えば、国木田独歩の短篇『正直者』（明治三八年七月）や『女難』（同）には、その影響が認められる。

勿論、啄木もしっかりと出会っていた。「日記」（明治四一年六月七日）に、平野万里から「露西亜小説を二冊借りて」読んだとある。当該のテキストの中に『うき草』が含まれていたとな

り、これを読み終えた彼は、同じ下宿の一階に住む金田一京助に又貸しをした。のちに金田一は、啄木が『ルージン』や『貴族の家』や『ふしぎ虫』などを借りた時には、面白いから是非読めということで、到頭私まで読まされた」(『石川啄木』)との回顧譚を残している。啄木が「面白い」といった根拠はわからないが、金田一京助が書き残してある啄木の言葉の中に、おそらく本人の創作意識に関わるものが、潜んでいたに相違ない。このような視界が開けるので、見えてくるのが三一文字から成る表現の世界、すなわち次の一首である。

若しも我露西亜に入りて反乱に死なむといふも誰か咎めむ

歌稿ノート「暇ナ時」の「夜二時まで百四十一首」中にある。この歌群には「たはむれに母を背負ひて……」が含まれる。全体が一夜に作られているものの、モチーフやテーマは適宜であって、右「若しも我露西亜に……」の一首も他との連関を欠く。忽然と歌われているということであるが、アレゴリカル(寓意的)な趣きをなす。意味は平明で「死」の誘惑と、「露西亜」における「反乱」(農奴制に反対して闘う人々)という感知せる問題をより合わせ、作者の分身である〈われ〉の実存問題の形をとっている。

歌うに二つほどの契機があったらしい。まず一八五六年作の『ルージン』(二葉亭四迷訳『うき草』）の、主人公〈ルージン〉による刺激である。この小説＝〈一八四〇年代のある夏、元政府高官の未亡人（地主）の邸宅で開かれた晩餐会に現れた、三〇代半ばの〈ルージン〉が、社会を目覚めさせようと熱弁を振るい、同家の娘とも恋中になるが嫌われ、またあてどなく放浪の旅へと向かう。そして一八四八年のフランスの二月革命の最中に、パリの聖アントニー寺院前のバリケード上で果てる〉という筋の、とりわけ最後部、圧政に苦しむ民衆の蜂起に加わったという、そのところへの共感…。もう一つの契機が、自身の精神状態の不安定さにあったということ。創作二日後の「日記」に「噫、死のうか、田舎にかくれようか、はたまたモット苦闘をつづけようか？」とある。四句目の「死なむといふも」には、そのような心の不安定さと無関係ではないだろう。

あえて二つの創作要因をあげてみた。さらに付け加える要素があるとしたならば、それはロシアにおける、苦しむ民衆のために「ヴ・ナロード」(5)（V NAROD）と叫んで闘った、彼ら多くの青年たちへの共感であったのではなかったか。『一握の砂』には収まらなかったが、「若しも我露西亜に入りて反乱に死なむといふも誰か咎めむ」は、複雑心理による観念的な詠嘆であるが、注目されるべき一作に変わりはないのである。

5、「散文詩」の受容と応用

ツルゲーネフが、長く外国にありながらも祖国の姿をしっかりと見据え、それに表現を与えて「老いたる者の意」として編んだのが、散文詩集『Senilia』（一八八二年）であった。本邦では、コンスタンス・ガーネット英訳版を介し、まず上田敏がそこから一〇篇を選んで訳出。自身の『みをつくし』（明治三四年一二月）に収め、さらに三篇を雑誌「明星」（明治三五年八月）へと寄せた。続いての訳者は仲田勝之助で、彼は早稲田の英文科を出て読売新聞の記者となって三年後、原題をカタカナに移して、全訳『セニリア』（明治四三年一一月）を春陽堂から刊行した（後述）。この二者の訳業の間が八年半ほど開いているが、おそらくその間にも、当事者の口から、あるいは情報通（当該の英訳版で直接読んだ受容を含む）がいて、適宜に『Senilia』作品の話題が巷間へと渡って行ったようだ。仲田勝之助の翻訳遂行も、そのような動きによる反応であったのかもしれない。

啄木が最初に出会い得たのは、先に出ていた『みをつくし』の方であるから、彼はそれなる一〇篇でもって、ツルゲーネフの散文詩の骨法を知るところとなった。結果として二篇、訳題「犬」と「わが敵」への注視・応用をとなっている。しかして、前者の受容によるところは、それなる散文体まで真似た長篇で、渾身のショート・ショートとして「明星」（明治四一年七月）

へと投じた。――原作のプロットは、生きる気力を欠いている〈われ〉が、室内に幻出せる「白犬」と心を通わせ、思わず「われら平等ぞ。（……）互いに寄り添ふ」というもの。これに取材せる啄木は、トポスを曠野にとり、かつ、犬を痩せこけた「赤犬」と設定。その上で〝曠野に迷い込んだ旅人が、どこからか現れた「赤犬」の尾にマッチで火をつけて殺してしまい、自分の来た道・帰る道が判らなくなってしまう〟という非情譚の仕立てであった。しかし、芳しい評判は得られなかった。

この反省から、一旦は「犬」ものの封印となったが、心の隅に救済犬としての「白犬」のイメージが延々とあったらしい（古事記・風土記・宇治拾遺集等に由来）。だからであろう。啄木は、最晩年の自宅にて療養の身である時、素直な心情に立ち返えったものか「白犬」のイメージを回復。今度は「われら平等ぞ。（……）互いに寄り添ふ」とあるところに記憶をつなげつつ、自分の家を持ちたいという願望と、病みて冴えない状況下の、あえて心の癒しとなる夫婦間の話題の一つとして、叙情の形に組んだのが、左に掲げる『悲しき玩具』の最後歌（「詩歌」明治四四年九月に初出）であった。

庭のそとを白き犬ゆけり。
ふりむきて、

犬を飼はむと妻にはかれる。

心身が弱まった中での「白犬」に対する共感（平等・寄り添い意識）があっての詠みで、自身にとっても最後の絶唱であった。もとより作品からは、ツルゲーネフの散文詩「犬」の影など溶けてしまっている。ひたすら淡々と眼前化し、歌える〝生活者啄木〟のイメージを彷彿とさせているのである。

もう一つの指摘となるのが、上田敏が訳せる散文詩「わが敵」との関連である。そのプロット＝「ひと夜、床にありて、いねられず。げに眼は襲はざりけり。室はにび色の、覚束なき薄明かり、みいりつゝ忽ち窓前に、わが仇のたてるを見る」とあるショート・ショート風の中核部から想を得たらしい…。啄木はそれを「ライフイリュージョン」（生活幻像）と見定め、その技法を借用して、エッセイ「卓上一枝」（明治四一年二月）に併用した。そして「灯《トモシ》なき室に我あり父と母壁の中より杖つきて出づ」との歌界を構成、「明星」（明治四一年七月）へと投じた。『一握の砂』では「我を愛する歌」章に――

燈火なき室に我あり
父と母

と三行に改まって一三番目に収まっている。老いたる両親の面倒をみていないという、コンプレックスに依った、自己の分身たる〈われ〉の心象の兆せるところを詠んだとなる。このような心情の実体＝かく詠わせる先行の感化材こそ、ツルゲーネフの散文詩「わが敵」との出会にあった。若き日の受容の意味が、あらためて見えやすくなったと言うことでもある。

次が仲田勝之助の全訳関連となる。原題『Senilia』を『セニリア』として世に出したわけであるが、恩師の島村抱月が「訳本は仲田氏が早稲田の英文科を出て間もない頃の筆と聞いた。爾来三年間、草稿を懐いて空しく出版の機に遅れた遺憾」云々と呈した「序」で述べているように、仲田勝之助は、早大を卒える頃から訳に取りかかり、ごく短期間のうちに全五〇篇の訳を終え、「三年間」も、その訳稿を懐いて出版先を探したのであった。だからまた、互いに力を貸し合う仲の、土岐善麿や若山牧水らが、おのずと『セニリア』作品の全貌にふれ、気になる散文詩から適宜の想を得ていたに相違ない。そんななか、大逆事件による大検挙が始まった。で、善麿はジャーナリストとしての忙しさの合間に、時局対応の歌を詠み、受け取った牧水が直ちに「創作」（明治四三年六月）へと寄せたというのが、左の一首であった。

手の白き労働者こそ哀しけれ。／国禁の書を、／涙して読めり。

月並みな作であろうはずがない。「手の白き労働者」に「哀さ」を覚える〈われ〉の許に「国禁の書」があり、それを読むにどうして「涙」を流すのか……。これなる平易な詠いの底に、時局の事態を愁う心情が流れているのは明らか。しかも「手の白き労働者こそ」と強めての特化ゆえ、これは職場を同じくする仲田勝之助の訳稿、散文詩「労働者と白い手の人」の、社会の矛盾と闘って獄中にあった労働者のイメージを引き継いでいると知れる。後述のように、啄木の創作ともつながるので、まずは当該散文詩に出会っておきたい。

労働者と手の白い人

対話

労働者。　何だちうでお前様《めえさん》は俺はあの処へやつて来ただ？　何か用あるだか？
にしや仲間でねえもん。…あつちへ行かつせえ！

白い手の人。　僕も君等の仲間さ、ねえ君！

労働者。　仲間だつて、ほんとうに！　こりや途方もねえ！　まあ俺はあの手を見さつせえ。この穢《きた》なさ加減。それ肥料や松脂《ちやん》の香《にほひ》するだんべい——でお前様のを見せい、真白だ。そんで何の香さするだ？

白い手の人（手を差し出して）。嗅いで見給へ。

労働者（その手を嗅ぎがから）。こりや、変だ、おッたまげた。鉄みたいな臭がするだ。

白い手の人。さうだ、鉄さ。六年といふ長の年月僕は手錠を箝《はめ》られて居たんだもの。

労働者。又どうしたちうで、ねえ？

白い手の人。なに、かうさ　僕は君達の為に働いてるんだ。圧へつけられて何にも知らないでいるのを、自由にしてやらうと為《し》たんだ。皆に君達を圧《おさ》へる奴の事を説き聞して、官憲《おかみ》に抗つたんだ。…さうしたら奴等、僕を縛りやがつたんさ。

労働者。お前様をおつ縛つた、官憲で？　お前様そんなさからふ事なんか為《す》るもんでねえ！

二年の後

例の労働者　他の一人に向ひ。主《ぬし》あ、ピヨートル。覚えて居らッさらう、一昨年だつけか、主に話しかけた、白い手の奴さ？

他の労働者。うん。…それがどうしたゞ？

前の労働者。彼奴《あいつ》さ、今日、絞首《しめくび》になるちうだ、お布令でよ。

後の労働者。　ゞッと官憲に抗つて居たゞか？

前の労働者。　抗つたゞ。

後の労働者。　うむ！……これさ、あにい、俺はあ、奴を押緊《おつちめ》る縄の断片取つて来ようでねえか？　そいつを持つてると家に福が来るちうぜ！

前の労働者。　よからう。一つやつて見べい、あにい。


一千八百七十八年四月。

最後のロシア暦（さらに一三日追加で現行太陽暦に対応）は、単なる作成の日時を言うのではない。歴史の表面へと突き立てた時制となっているから、詩界がリアリズムの様相として見え出す。すなわち、皇帝アレクサンドル二世が暗殺される三年前の、革命前夜のような社会的騒擾下、いわゆるナロードニキ運動が絶頂期へといたる前後の、しかし、重苦しい様相を暗々裏に伝え出している……。後段によって「白い手の人」の正体が〝ナロードニキ〟で、それゆえに不首尾の運命をたどった、ということが浮き彫りになっている。しかも、それなるイメージ空間に不条理の余情を漂わせているのである。訳者の仲田勝之助を通じて本作に出会った土岐善麿が、痛く観じて反応の歌（前掲）を詠んだわけだが、彼はなお黙ってはいられず、すでに親しい間柄にある啄木にも、当該の散文詩のことを詳しく伝えた。他からの情報もあったかもしれないのだが、とにかく詳しく知った啄木は、すばやく反応。三一音の表現によるよりは、より詩の形式が適うとして、一挙に作立てなのが、長詩「はてしなき議論の後」であった。間接受容であったが、実際の詩界は強烈である。出会ってみよう。

我等の且つ読み、且つ議論を闘はすこと、
しかして我等の眼の輝けること、
五十年前の露西亜の青年に劣らず。
我等は何を為すべきかを議論す。
されど、誰一人、握りしめたる拳に卓をたたきて、
『V NAROD!』と叫び出づる者なし。(略)

(一九一一・六・一五夜)

際立つところ、第二連の冒頭部に着目してみた。何やら「我等」と複数形で吐白する「我」が、当時、浅草の劇場で盛行中の活動写真映画の「弁士」でもあるかのように、集える場(密室)の様子を、自省をまじえて弁舌しているようでもある(啄木は浅草の劇場で観た体験を生かして小説『我等の一団と彼』に応用していた)。主張せるところは、五〇年前のロシアで、勇気あるインテリゲンチャ達による闘いの姿を見倣って、自分達も現下の閉塞状況と真っ向から立ち向かうた

めの「議論」を交わすが、誰一人「V NAROD!」と声を出して立ち上がる者はいない、という「我等」の〝行動の欠如と情況の深刻さ〟の歌い出しとなっている。明らかに散文詩「労働者と白い手の人」による想の誘発作であったことが判然となる。最後に括弧付きで「一九一一・六・一五夜」とあるところも、これがツルゲーネフの手法の応用であったと見なされよう。心身を鼓舞しつつペンを擱き、直ちに牧水へと送って、善麿の作が載る「創作」の翌月号を大々的に飾った事情である。

　ここまでが、仲田勝之助―善麿―の情報ルートの掘り起こしに依って見えてきた、散文詩「労働者と手の白い人」に関する啄木の、受容・応用の解き明しであった。すべて『セニリア』が刊本となる四ヵ月ほど前までの動向と結果となす。しかして『セニリア』が春陽堂から出て二ヵ月後、大逆事件の判決により、幸徳秋水ら一二名が刑死となった。情報に素早く反応した善麿は、幸徳秋水の形見とされるクロポトキンの『麵麭《パン》の略取』(平民社・秋水訳)を、堺利彦から借りて読んだ。刊本『セニリア』を直々見終わっていた啄木にあっては、弁護士平出修のもとで当該裁判記録を見せてもらい、黙々とメモして「A LETTER PRISON 'V NAROD' SERIES」を走筆。あわせて閉塞の時局洞察の心と、己が文芸意識の統一をはかるべく、先立って発表済みの長詩「はてしなき議論の後」を、更なる高みへと向かわせた。部立てを改め、新作二篇を追加し、挿絵を加え、表題「呼子と口笛」とせる第二詩集の計画を、ほぼ確かなものにしたということであった。

＊

以上、啄木の創作活動に関わるところを、所与のテーマ立てに於いて考えてみた。原典直々の受読とはならぬ啄木の、翻訳作品との出会いが問題であったから、彼の受容問題には、厄介なところが混ざり合っていたと痛感する。こうして辿り明かしてみるとき、啄木にとってのツルゲーネフ作品は、創作心を刺激し、人間や社会を扱う上での文学的に示唆し続ける存在ではあったが、逆に言えば、啄木がそれなるに気づける、慧眼の主でもあったということであろう。さらに考察を進める余地があるように思われる。

注

（1）大黒屋光太夫の漂流・ロシア体験は、江戸の蘭医桂川甫周の聴取記録により、『北槎聞略』（寛政六年）として残された。逆にロシアに戻ったゴロウニンは、その二年三ヵ月にわたった拘留体験を書き遺した。訳題『日本幽囚記』である。

（2）啄木が使用していた三省堂版『新訳英語辞』（明治三四年）中に、「blue-bottle n（植）矢車草」とある。彼が「函館の青柳町こそかなしけれ／友の恋歌／矢車の花」と詠んだ歌の「矢車草」はこれで、『あひゞき』の「ワシリョーク」ともつながっているに相違ない。

（3）土岐善麿の第二歌集『黄昏に』（明治四四年二月）の第二章の章題が、「その前後」となっている。これは①「われらの事業」＝啄木との間で計画した雑誌「樹木と果実」の発刊計画、②相馬御風訳『その前後』を読み自身の哀傷感覚叙出に合わせたもの。彼もまた、ツルゲーネフの『その前夜』に影響を受けていたことがわかる。

（4）当該の公演では、主演の松井須磨子が劇の中で、次の「ゴンドラの歌」（吉井勇作詞・中山晋平作曲）を熱唱した。

いのち短し恋せよ乙女／朱き唇あせぬ間に
熱き血潮の冷ぬ間に／明日の月日のないものを

いのち短し恋せよ乙女／いざ手を取りてかの舟に
いざ燃ゆる頬を君が頬に／ここは誰も来ぬものを

いのち短し恋せよ乙女／波に漂う舟のように
君が柔手をわが肩に／ここには人目のないものを

ちなみに一七世紀イギリスの詩人、ロバート・ヘリックの詩「Hesperides」の中に「乙女たちよ、若いうちに恋の花を摘みなさい（……）今日美しく咲き誇る花も、明日の生命は知れないのだから」というのがある。「ゴンドラの歌」と似ている。前掲の歌詞は、吉井勇の渾身の作として永遠化している。

（5）ロシアの一八七〇年代、農民に土地を解放することを主張して立ち上がった知識階級の革命家「ナロードニキ」（人民主義者）たちによるスローガン、すなわち「ヴ・ナロード、V

NAROD」（民衆の中へ）のこと。この言葉は世界に拡散。日本では幸徳秋水らが取り上げ、当時の青年たちに知られて、共感の言葉として定着した。後日、土岐善麿は——〈ロシアの『人民の中へ』ゆく運動と青年の運命は、ツルゲーネフの『ルージン』（二葉亭の訳した『うき草』）などにも示されていた〉（『冬凪』）と述べている。

第四章 発掘——仏語歌／ローマ字友情歌

一、日仏文化交流史に埋もれる啄木短歌一五首（新資料）

1、仏訳者ジョルジュ・ボノーのこと

グローバルな認識の彼方に、注目すべきジャパノロジストがいる。第八回オリンピックパリ大会の直後から、第二次世界大戦が勃発する頃まで日本に滞在。学問と文化発信に尽くしたというのに……。しかもここでは、啄木詩歌の海外発信に貢献していたということで、いよいよ注目されるべき人となっている。ジョルジュ・ボノー（Georges Bonneau）を指すのである。惜しくも彼は、歴史の中に沈んでよく見えていない。

ならばと、国内の文献を掘り起こし、現日仏文化会館で訊ね、パリのポンピドー図書館やコレージュ・ド・フランス日本学研究所、また、本人の著述の出版元へと出向いてもみた。ここでは啄木詩歌の言語変換、および、それのフランス語圏への橋渡しに関するところの、発掘と明確化を意図するので、人物紹介は、必要とする範囲内での追尋にとどめる。逆に、在日中に書いた書物の一覧化をはかり、その「日本学」の泰斗たるところへと、理解の情報をつなげておきたいと考える。

＊

ジョルジュ・ボノーは、一八九七（明治三〇）年一月五日、仏国サン・ルイルの地に生まれた。一九一四（大正三）年七月に、ラテン語、ギリシャ語、哲学のバチェラー（学士）の称号を受け、一九一六（大正五）一月に召集されて欧州大戦に出征。歩兵中尉を経て飛行大尉に任せられ、活躍顕著ということで、レジオン・ドヌール勲章を受章。除隊後、一九一九（大正八）年にランシイ大学の文学修士、一九二五（大正一四）年にソルボンヌ大学より文学博士の称号を受けた。(1) そして翌年に来日。一九二九（昭和四）まで九州帝国大学教授。次に東京帝国大学に招かれて集中講義し、一九三〇（昭和五）から三年間、京都帝国大学教授としてあり、傍ら京都日仏会館の館長を兼任。一九三二（昭和七）に神田の日仏会館に帰属して、研究と文化交流に尽力……。

一九三四（昭和九）年には、京都帝大より文学博士の学位を受けた（提出論文「俚謡と民謡――日本民間伝承に於ける詩的表現」による）。

すでに上海事件が起こり、日本の国際連盟脱退があり、内外に緊張感が走るなか、日本学術振興会が発信型事業としていたのが、日本最古の歌集『万葉集』の英訳・海外発信の事業であった。(2) で、これの相談会が一九三五（昭和一〇）年六月、神田の学士会館で開催された際に、外部意見者として招かれたジョルジュ・ボノーは、すでにプロジェクトを組んで計画中の『万葉集』の英訳・海外発信事業に対して、遠慮なく「その事業は無益」と批判し、並み居る関係者を驚かせた（当時の「社会春秋」のコラム欄や、萩原朔太郎や本多顕彰らの書いた物から不快ぶりが窺える）。このこともあって、時局柄、彼は文化発信の難しさを痛感したものか、自著はそれまで神田の日仏会館から上梓していたのを工夫。今度はパリの出版社からも出した。その間にも内外・国際情勢の雲行きが怪しくなり、ために彼は、蒼卒と母国に戻って行った。在日およそ一五年。濃密な時間を過ごしたであろうことは、左の掲げる著述物によって窺うことができる。

①『Rythmes Japonais』〈日本の韻律〉（東京・日仏会館、1933）
②『L' Expression poetique dans le Folk-lore Japonais』〈日本民族学の詩的表現、三冊〉（日仏会館、1933）
③『Introduction a L'idéographie Japonaise: La forêt des Symbols』〈日本の漢字入門・象徴の森〉（日仏会館、1933）
④『Introduction au Kokinshû』〈古今集入門〉（日仏会館、1933）
⑤『La Sensibilité Japonaise』〈日本の感性〉（日仏会館、1934）
⑥『Anthologie de la Poésie Japonaise』〈日本の詩選集〉（Paris,Libraire Orientaliste Paul Geuthner,1935）
⑦『Lyrisme du Temps Présent』〈現代の叙情〉（Libraire Orientaliste Paul Geuthner,1935）
⑧『La Haiku』〈俳句〉（Librairie Orientaliste Paul Geuthner,1935）

⑨『Bibliographie de la Litérature Japonaise Ccontemporaine』〔日本文学書誌〕(日仏会館、1937)
⑩『Le Problème de la Poésie Japonaise』〔日本の詩の問題〕(Librairie Paul Geuthner,1938)

以上が日本にあって原稿を整え終えた、その著作である。全体として傾向立ち、韻文領域に集中している。来日する前に、自国フランスで発祥のサンボリズムに着目し、学位論文を書いていたことと無関係ではあるまい。『古今集』から近現代へと至る韻文をもって、日本民族の諸相に暗示的な語句や表現をまじえる詩歌の特徴に着目。とくと問題意識が立ち上がり、ケース・スタディに至ったものと思われる。したがって、探究の成果の発信・伝承先が自己の言語によるところの、母国フランスであらねばならなかった、との彼にとっての必然性までが、見え透くのだ(上掲②には、七、七、七、五という四句二五文字から成る俗謡「都々逸」をも抱懐。例えば「逢うた夢みて笑うてさめて／あたり見まはし涙ぐむ」など、仏訳併記で収まっている。啄木の詩歌の訳出関連は⑥⑦に。この後で詳述)。

＊

帰国後についても少しく……。おりから母国は大変＝ファシズムの風が吹き荒れ、イタリアから戦線布告を受け、ドイツ軍によるパリ無血入城があり、ドゴール将軍がロンドンから国民に抗戦を呼びかけるという非常事態に陥っていた。こうした中での帰国であったが、過去のキャリアを強みに、ジョルジュ・ボノーは、南東部の古都の名門、エクサン・プロバンス大学人文学部の教授に就任（後に名誉教授）。ソルボンヌ大学に留学経験のある芹沢光治良とも連携がとれて、日本ペンクラブ会員に推挙された。また、フランスのペンクラブの総括責任者としても活躍した。

翻訳作業の最後の対象作品は、安部公房の長篇『砂の女』であったが、これを訳し了えながらも刊行に至らず、惜しくも一九七二（昭和四七）年二月二〇日に瞑目。享年七五。その遺稿『La Femme des Sablew』がパリの出版社から出たのは、一九七九（昭和五四）年のことであった（安部公房にノーベル文学賞候補の噂があったが、この件との関係を証かすにはいたらない）。

亡くなって四日後、現地の新聞「Le Monde」（第二四面）に、二三行にわたって未亡人宛ての形式で追悼文が掲載された。しかし、日本側では何の訃報情報も発せられていない。日仏文化交流上に果たせる評価が、立ち消えになったということであろうか。埋もれた現状で良いはずがなく、はやく本格的に光が当たるべきだと思う。

2、対訳（ローマ字付）で母国の側から発信

当時の駐日大使は、詩人のポール・クローデル（一九二一〜二七まで在任）で、ジョルジュ・ボノーのお雇い外国人としての来日に関与となった際、親日ぶりを発揮して、この若き俊秀に、日本文化理解の重要性をアドバイスしたものらしい。情熱を掻き立てられたボノーは、短期間のうちに言葉の壁を超え、古典をも読むまでになり、博士論文で取り上げたサンボリスムの、日本バージョンとしての韻文領域（民間の流行り歌をも含む）に着目。その線分上で啄木の短歌に出会い、母国へと伝えていくとの道筋を歩む……。かくして、在日中に成せる仕事＝啄木短歌の言語変換の稿を以て書物に収めたのが、前掲の一〇書中の⑥と⑦に於けるものであった。

両書ともに同じ作品を一五首扱い、横に原歌の読みをローマ字で示してあるところまでは共通し合っている。ただし⑦の場合、その⑥のバージョンに原歌（日本語型）を添え置き、原歌（日本語）型―ローマ字型―フランス語訳型という三語種によって一セットとなし、それの一五首連鎖仕立てとなっている。きわめて珍しい紹介法である。文献としては新資料。このような次第につき、以下に⑦の所載型により、これなる新資料の紹介としたい。

（フランス語訳）	（原歌のローマ字表記）

(1)

A la recherche
D'un renouveau de mon pauvre cœur,
Par des rues dont j'ignore
Jusqu'au nom, tout ce jour encore,
Vainement, j'ai rôdé.

Atarashiki
Kokoro motomete
Na mo shirenu
Machi nado kyô mo
Samayoite kinu.

「あたらしき心もとめて／名も知らぬ／街など今日もさまよひて来ぬ」（一握の砂）

---

(2)

Une seule nuit
A suffi à l'ouragan
Pour bâtir
Cette dune...Dune,
Ou tombeau?

Hito-yo-sa ni
Arashi kitarite
Kizukitaru
Kono suna-yama wa
Nani no haka zo mo.

「ひと夜さに嵐来りて築きたる／この砂山は／何の墓ぞも」（一握の砂）

---

(3)

Soleil couché,
Nuages déchirés,
Lune tardive:
Ce ciel de crépuscule
N'est-il pas tout-à-fait moi?

Hi wa ochinu
Kumo wa chigirenu
Tsuki wa imada
Yûbe no sora no
Sanagara ware wa.

「日はおちぬ雲はちぎれぬ月はいまだ夕のそらのさながら我は」（爾伎多麻）

---

(4)

Fil coupé,
Le cerf-volant: ainsi
Des jours de ma jeunesse,
Le cœur, si légèrement,
En volant s'en est allé.

Ito kireshi
Tako no gotoku ni
Wakaki hi no
Kokoro karoku mo
Tobi-sarishi kana.

「糸きれし紙鳶のごとくに／若き日の心かろくも／とびさりしかな」（一握の砂）

（フランス語訳）	（原歌のローマ字表記）
(5) Un innombrable	*Kazu shirenu*
Rire glacé	*Hieshi warai wo*
Sur mes joues,	*Ho ni ukabe*
Les traces de tes pieds	*Kimi ga ashi-ato*
Je vais foulant.	*Fumite ware yuku.*

「かず知れぬ冷えし笑を頬にうかべ君があしあと踏みて我ゆく」（暇ナ時）

(6) Je ne sais comment,	*Nani ga nashi ni*
Mais au creux de ma tête	*Atama no naka ni*
Il y a une falaise d'où	*Gake arite*
Chaque jour des mottes de terre,	*Hi goto ni tsuchi no*
Il me semble, se détachent.	*Kuzururu gotoshi.*

「何がなしに／頭の中に崖ありて／日毎に土のくづるるごとし」（一握の砂）

(7) Comme l'enfant en voyage,	*Tabi no ko no*
De retour au village natal,	*Furu-sato ni kite*
Dort, ainsi,	*Nemuruga ni*
Très calme, très doux,	*Geni shizuka ni mo*
Voici l'hiver revenu.	*Fuyu no koshi kana.*

「旅の子の／ふるさとに来て眠るがに／げに静かにも冬の来しかな」（一握の砂）

(8) Solitaire,	*Tada hitori*
Par la lande je rôde, et	*No-be ni mo tôri*
Dans l'ombre du buisson,	*Yabu-kage ni*
Au petit oiseau qui chante	*Utau kotori ni*
Je vais parlant.	*Mono iite miru.*

「ただ一人野辺にもとほり藪かげに歌ふ小鳥に物いひてみる」（暇ナ時）

(フランス語訳)	(原歌のローマ字表記)
(9) Tout seul,	*Tada hitori*
Face à la mer,	*Umi ni mukaite*
La voix haute,	*Takaraka ni*
Homme triste qui chante	*Utau sabishiki*
Je suis devenu.	*Hito to nariniki.*

「ただ一人海に向ひて高らかに歌ふ寂しき人となりにき」(作歌ノート)

---

(10) Par jeu, j'avais	*Tawamure ni*
Pris ma mère sur mes épaules:	*Haha wo se-oite*
Mais à sentir	*Sono amari*
Ce poids trop faible, j'ai pleuré,	*Karoki ni nakite*
Sans pouvoir même aller trois pas.	*Sam-po ayumazu.*

「たはむれに母を背負ひて/そのあまり軽きに泣きて/三歩あゆまず」(一握の砂)

---

(11) Emmi l'océan d'est,	*Tôkai no*
Sur le rivage d'une petite île,	*Kojima no iso no*
Couché dans le sable blanc,	*Shira-suna ni*
Les yeux encore mouillés de pleurs,	*Ware naki-nurete*
Avec un crabe je m'amuse.	*Kani to tawamuru.*

「東海の小島の磯の白砂に/われ泣きぬれて/蟹とたはむる」(一握の砂)

---

(12) Au loin,	*Tôku yori*
Une flûte qui sonne:	*Fue no ne kikoyu*
Etais-je donc	*Unadarete*
Tête baissée, qu'ainsi	*Aru yue yaran*
Les larmes me viennent?	*Namida nagaruru.*

「遠くより笛の音きこゆ/うなだれてある故やらむ/なみだ流るる」(一握の砂)

（フランス語訳）	（原歌のローマ字表記）
(13)　Le jour où, maman,	*Waga haha no*
Vous mourrez, ce jour-là seulement,	*Shinu hi ichi-nichi*
J'ai pensé qu'un vêtement propre	*Yoki kinu wo*
Peut-être me serait permis...	*Kin to nagaeri*
Maman, me le pardonnerez-vous?	*Yurushi tamô ya.*

「わが母の死ぬ日一日美《よ》き衣を着むと願へりゆるし給ふや」（暇ナ時）

(14)　Au fond de mon cœur,	*Waga mune no*
Tout au fond du fond de mon cœur,	*Soko no soko nite*
Un être de solitude,	*Ta zo hitori*
Dans l'ombre caché,	*Mono ni kakurete*
Sans cesse pleure.	*Samezame to naku.*

「わが胸の底の底にて誰ぞ一人物にかくれて濟々《さめざめ》と泣く」（暇ナ時）

(15)　Sans raison,	*Yue mo naku*
Prenant envie de voir la mer,	*Umi ga mitakute*
Vers la mer je suis venu:	*Umi ni kinu*
En ce jour où mon cœur en peine	*Kokoro itamite*
M'est impossible à porter.	*Tae-gataki hi ni.*

「ゆゑもなく海が見たくて／海に来ぬ／こころ傷みてたへがたき日に」（一握の砂）

補注

当該書⑦では、このような作品の出方となっていて、『一握の砂』作品は［1,2,4,6,7,10,11,12,15］の番号歌。他のうちの［5,8,13,14］の番号歌は、ノート「暇ナ時」から。［9］は別ノートから。そして［3］のみ雑誌「爾伎多麻」からの採り出しとなっている。『悲しき玩具』作品を採らなかった理由はわからない。

以上が、フランスへと移された啄木短歌の実体形である。ジョルジュ・ボノーが使用したテクストは、⑦の巻末に収まっている「参考書籍」によって、これが初めての本格全集、改造社版『石川啄木全集』三巻中の第三巻「詩歌集」（昭和三年）であったことがわかる。抽出先はバラバラだが、これも本人の指針＝歌柄の中心的な意味・語彙・イメージに重きを置いたということのようだ。このことは各歌の頭に添え置かれてある小見出し（ここでは省略）、例えば、二番目の歌の頭に「DUNE」砂山、一〇番目の歌に「JEU」遊び・戯れとあることから、察し得るところである。

どうやらジョルジュ・ボノーは、白眉の叙情と見なして啄木短歌の伝え移しを企図したというよりも、西洋人の目で解り得た、若きポエットの感情や動きや社会との関係性に目を向け、その多様なる表現性に強く惹かれ、如上の結果を出した、との総括となるのである。

なお、関連してのことだが、ジョルジュ・ボノーが戻った母国フランスに、訪日不能を慨く若い女流舞踊家がいた。エレーヌ・ジュグラス（一九一六〜一九五二）である。彼女は「能」に傾倒していて独力で原典を仏訳し、舞台衣装から小道具まで手作りし、演技も考えて、第二次世界大戦が終わった直後、創作能「HAGOROMO」をパリのギメ美術館ホールで上演、各地を巡った。しかし、白血病のため舞台で倒れ、その天女の衣装のまま運ばれた病院で逝ったという。この悲運に日仏ともども観じ合い、翌年、縁由の地清水の三保の松原の一角に遺髪奉納の「エレーヌ碑」が建った。——これなる次第。彼女はいささかジョルジュ・ボノーの偉業とも合わせ鏡のようにあり、ともども文化交流史上の精華となす。

注

（1）ソルボンヌ大学での文学博士号取得の、論文題目は「サンボリスト詩人アルベエル、サマン」であった。二八歳という若さが話題になったという。来日後の大学における講演題目として、東京帝大の場合のそれは「仏蘭西に於ける象徴主義」であった。在日中の研究・文化関連著書には、かなり象徴主義の面からの取り上げがみられる。

（2）日本学術振興会の事業である英訳『万葉集』は、一九四〇（昭和一五）年に『The Manyosyu: one Thousand Poems』との英語題で岩波書店から出た。巻頭の「まえがき」を滝精一が担当。大判函入りの美本。なお一九六五（昭和四〇）年に、米国コロンビア大学出版局からドナルド・キーンの「まえがき」付きで再刊されている。

二、金田一京助のローマ字短歌（釧路の海辺にて啄木を偲ぶ）五首（新資料）

書き言葉としてのローマ字による、友情のトライアングルとして注目したい。啄木がローマ字で日記を書いたのと平行して、土岐善麿も日本語表現にローマ字を用いる運動に走り、処女歌集『NAKIWARAI』（明治四三年）を出し、同年、普及雑誌「RŌMAZI SEKAI」（ローマ字世界）の発刊の中心メンバーとして活躍した。実は、これなる視界にもう一人の存在があった。同じく親友の金田一京助である。ユーカラ（アイヌ語で詞曲の意）研究者である彼は、記録用語としてローマ字を用いることがあった。だからであろう、啄木没後、旅先でローマ字表記の歌を詠んだ（おそらく土岐善麿から頼まれてのことであったのかもしれない）。雑誌「RŌMAZI SEKAI」（大正七年九月）に載った、次の五首である（〔　〕内の日本語表記は本書の著者。『金田一京助全集』未載）。

〔釧路の絵葉書に　　　　金田一京助

・啄木が涙しにけん／東海の小島の果ての／白砂に来つ。
・夕されば／浪の上より迫り来る／霧《ガス》になりゆく釧路の町かな。
・燈《とも》つく釧路の町は／水底の都の如く／霧に沈めり。

・泣いた目のように、町の灯が／霧《きり》の中にぼけて見ゆ、／哀れ、釧路の岬！
・誰か一人／俺が啄木を知っているという人もがな、／釧路の岬！」

Kusiro no Ehagaki ni.

Kindaiti-Kyôsuke.

T a k u b o k u ga Namida sini ken
Tôkai no Tozima no Hate no
Sirasuna ni kitu.

×

Yûsareba,
Nami no ue yori semari kuru
Gasu ni nari yuku Kusiro no Mati kana.

×

Tomosi tuku Kusiro no Mati wa
Midusoko no Miyako no gotoku
Gasu ni sidumeri.

×

Naita Me no yôni, Mati no Hi ga
Kiri no nakani bokete miyu,
Aware, Kusiro no Misaki!

×

Dare ka hitori
Ore ga T a k u b o k u wo sitte iru to iu
　　Hito mo gana,
Kusiro no Misaki!

タイトルからして右の五首は、啄木が「さいはての駅に下立ち／雪あかり／さびき町にあゆみ入りにき」と詠んだ、アイヌ語の「クッチャ」の呼称ある町＝釧路の海辺における、感懐歌であるとわかる。啄木にとっての釧路の意味を噛みしめ、彼が「東海の小島の磯の／白砂に……」と函館の海浜歌を紡いだポエジーにあやかり、あえて「…Tōkai no Kozima no Hate no Sirasuna ni」との換喩表現でもって、啄木との文学的な友情の確認、ないし、一体化をはかったと解せる。と同時に想を町中へと及ばせ、しかし、霧に包まれて何も見えない、その茫々たるところに、一年二ヵ月にわたった彼の生活実態があったと観じての、黄昏時の感傷の描出となっている。五首目の「誰か一人／俺が啄木を知っているという人もがな」とあるところに〝居ないとの反語意〟が内在。この括りをもっての歌い終わりとなっており、全体が劇的にしてヒューマニスティックである（いわゆる啄木調風といえようか）。

創作日の明示はないが、年譜の大正七年六月八日の欄に「ユーカラを求めて北海道を踏破。東は厚岸・釧路、北は北見の美幌に及び、西は天塩・石狩に至る」とあるので、おそらくこの旅程にあっての釧路詠であったと思われる。金田一京助にとっての本作は、発表媒体を主宰せる土岐善麿がいてのもの。存命の二者に依ってローマ字の歌界に収まった啄木は、友情に包まれて叙情的に永遠化している。当該作は、啄木・金田一の足跡を残す釧路にとっても、いわゆる〝釧路文学史〟に刻まれるべきものとなっている。

付記

後日、金田一京助は『石川啄木』（昭和九年、文教閣）を著した。その巻頭文中に「君と別れて二十有三年（……）ひたぶるに君を偲ぶ。（……）君の英魂のいや年のはに遠ざかり行くを嘆く。（……）たゞたゞ君を思ひつゞける」と書き、つづけて

みづからを嘆き得ざる
血みどろのそのたましひに
なみだせきあへず

先んじて時代の悩みを悩みたる
永遠の青年
われらの啄木

あの苛烈な運命をも
終に抑へた
偉大なる死の勝利をたゝへむ

との啄木調風の三首を収めている。「昭和九年一月三日　長岡温泉にて」とあるので、これまた旅先での作。前掲ローマ字の五首とは扇状に開いての、「君の英魂」二三回忌を念頭においた、散華の頌詞ともなっていよう。

第五章
啄木をめぐる断章

一、トルストイの非戦論にも反応

一世紀も前に身体を無くしているといえども、啄木の精神の営みとしての作品は、当時のままに生命を宿し、今日に至るも輝きを失っていない。国際化という拡がりにおいて光彩を放ち、親しみ深く現代に生きている。

かくある啄木の文業は、詩歌にはじまり、散文＝エッセイ・小説・評論等の領域におよぶ。その言語表現の背後には、鋭い思想の裏付けがあり、たえず情況を突き刺すような情感の躍動がともなっている。事実、時局直結のテーマ含みとなると格別で、日露戦争関連でみれば、トルストイ（一八二八〜一九一〇）の作品にちなむ、それへの関心と反応ぶりには、彼のさまざまな一面が窺え、いわゆる啄木像の定立に意味を投じてやまない。

このロシアの文豪は、論文「懺悔」（一八八二年）を機に、道徳的観念を強めて悪への無抵抗、権力と国家の否定、宗教改革の必要を説き、教会から離別した。日露戦争のさなかに非戦論＝邦訳「爾曹悔い改めよ」を発表。わが国では一八八九（明治二二）年以降、積極的に翻訳紹介が行われた。これにより理性・人道・調和の道を求めるトルストイの存在は、いよいよ広く周知せられるところとなった。

啄木も敏感に反応していて、盛岡中学を退く前に、田山花袋訳『コサアク兵』の手配を友人の小田島真平に頼んでいた（すぐに希望がかなったかどうかは判然としないが、それから五年半後の明治四一年三月三〇日の日記に「トルストイの“The Cossacks”にあった少女マリアンナの事などを語った」と、釧路の病院の看護婦に語った旨、記録している）。そして夢を追った東京で、大橋図書館に出掛けては、新刊の加藤直士訳『我懺悔』のページを繰り、また、平野万里訳のトルストイ『楽人のおとろへ』を読み、貸本屋が置いて行った『トルストイ短篇集』を繙いている。

その間にも、泰西のさまざまな作品を受容しており、たとえば、ニーチェやワグネルの作品にも出会っていたが、純粋な共鳴感と言う点では、また別の印象を持ったらしい。『懺悔録』などと鮮烈に出会っていたといえども、そこに彼なりの思惟の原理がはたらき、咀嚼しつつ考え及んでいたということ。トルストイの「愛と無抵抗主義」に刺激され、かつ、その宗教観に違和を覚えつつ成長していったとなるのである。

大逆事件を契機に、国家権力の不正義と社会の閉塞状況を、洞察する視点をつよめた啄木は、過ぐる日＝一九〇四（明治三七）年六月二七日、在英中のトルストイが「ロンドン・タイムズ」に発表の日露戦争批判文＝訳題「爾曹悔い改めよ」が載る、週刊「平民新聞」（明治三七年八月七日）を入手し、これを一〇日ほどかけて「林中文庫」と称せるノートに、『「日露戦争論」（トルストイ）』の題下で筆録した。

その末尾に「予はただ翁のこの論に対して、今猶『偉い、然し行はれない』といふ外はない。但しそれは、八年前とは全く違つた意味に於てである。この論文を書いた時、翁は七七歳てあつた」と記載。時代と社会状況の変化の前に、トルストイの考えの超克が必要との自覚に立つ。そして「爾曹悔い改めよ」と訳出した、幸徳秋水・堺利彦らの悲運を想い、とくと時代閉塞の現状に顔をしかめるのであった。

その意味で、啄木がノート「林中文庫」に書き写した「爾曹悔い改めよ」とある題字は、おりからの国家権力を〃悪性者〃と断じての、彼自身の婉曲的な抗議の意味をなす。と同時に、直後の長詩「はてしなき議論の後」の創出を促した、という結果をみるのである。

――これにて啄木は、いよいよ思想性の確かなリアリストの風貌をなすが、惜しくも病魔の近づきとなり、抗し叶わず、半年後に形姿を欠くにいたる。享年二七。若き日に一旦は新天地となった函館に、再び大火災があった、その翌日のことであった。与謝野晶子は「しら玉は黒き袋にかくれたり　吾が啄木はあらずこの世に」と詠んで夭折の天才を追悼。直ちに盟友・土岐善麿による顕彰の処方が始まっている。

二、書簡の行方——日記「甲辰詩程」でチェック

啄木は、若い頃から葉書や手紙を書くことを得意としていた。相手とのコミュニケーションの手段としてのものだったが、要件以外でも交友の具、平素の思い、文学的な事柄や美意識の発現、人間関係の構築、進路の模索、作品発表のためのアタック等々、多岐にわたる動機によっていたようだ。若干だが、書簡文芸的な趣きさえ滲ませるところがあった。それなる書簡は、啄木の人と文学の研究に重く意味する、第一級の資料でもある。

いったい彼は、生涯にどれだけの数の書簡を発したものか。葉書や手紙の形で認めたもの以外にも、ある意図のもと、新聞や文芸雑誌等へと投じる原稿に併せ同封したようでもあるし、届いた返信に対する反応としての送信といった場合もあったらしい。また、別のケースもあったであろう。傾向として言えることは、その短い人生の晩年（東京に定着後）は、それほど頻繁には書いていたらしくはないものの、若き日の彼は、驚くほど筆まめであったようだ。日記「秋韷笛語」「甲辰詩程」「渋民日記」を見ても明らかなように思われる。

運良く紛失を免れ、現行の全集＝筑摩書房版『石川啄木全集』第七巻・書簡編（昭和五四）に収載されてあるメールの数に当たってみたい。発信の年月日順に掲出されているのであるが、

その最後が五一二番で終わっている。つまり現存数は五一二通ということになる。これは多いのか、否か。しかして見極める必要上、発信の記録をとどめる日記の一冊、明治三七年一月一日から同年七月末までを記載せる「甲辰詩程」を調べ、そこでわかる発信数と、現行の『全集』に載っている数を突き合わせ、啄木書簡の現在事情＝行方問題に関する、今後の考究に資したいと考える。

はじめに年賀状の発信数から。同「甲辰詩程」の最初の既述から、年末に出した年賀状の数が二六枚であったとわかる（相手から来た数は、どうやら二〇枚位らしい）。これをかわきりに、当該期間内に発信せる書簡の数は、厳密にはたどれないものの、だいたい一一九通ほど。逆に相手から送られて来た書簡類は九四通位なので、啄木の方が幾分差し出し数が多い。しかして、これなる事実をもって現存問題＝全集採録数を考量することになるのだが、対照させると、収載数は二七通にとどまる。これが現存書簡。したがって、実に九〇通以上が行方不明、時空に消えたとなるのである。

ちなみに、送り先と当該書館の現存の様子を、国内分と海外分に分け、その主要なるところを見てみよう。まず前者から。〔堀合節子宛八回（現存0）、「時代思潮」の姉崎潮風宛八回（現存三）、「岩手日報」の福士政吉宛七回（現存0）、瀬川深宛六回（現存0）、小林茂雄宛五回（現存三）、前田儀作宛五回（現存五）、与謝野鉄幹宛四回（現存0）、小澤恒一宛四回（現存四）、野村長一宛四回（現存二）、阿部修一郎宛三回（現存0）、小野弘吉宛三回（現存0）、金田一京助宛二回（現存一）、岡山儀七宛二回（現存0）、石亀守人宛二回（現存0）、伊東圭一郎宛二回（現存二）、板垣たまよ宛二回（現存0）、田鎖徹郎宛二回（現存0）、畠山享宛二回（現存二）、金矢朱絃宛二回（現存0）、佐藤善助宛二回（現存0）、豊巻剛当一回（現存）、目時政治宛一回（現存）〕。他にも一回前後の送信先が相当数あったことは確か（厳密にはならないが、その数は二〇人ほどにもなろうか）。

一方の海外発信分だが、おりから啄木は満一九歳。この年齢およびキャリアゆえ、異邦に知り合いなどなく、だから要件立つメールの受け手をもっていなかった。ひとえに書簡は、現状に希望が持てるようなつながりや、異邦の情報を気にしてのものであったらしい。ために彼は、予て詩集『From the Eastern Sea』（『東海より』）を訳読して綴ったエッセイが載る「岩手日報」を添えて、その著者に宛てて長文を添えて送った。書簡の送信は二回に及んだものの、野口米次郎からの返書の有無ははっきりしない。おりから国内では、移民熱が昂揚（政府公認の移民会社が宣伝中）し、とりわけアメリカ西海岸方面へと、地方の青年や家族が夢を抱いて続々と渡っていた。(1) 川村哲郎という青年も夢を追った一人で、啄木は、現地の日本人コミュニティに在る彼のアドレスを聞き知り、本人宛てに書簡を一回出したが現存していない。相手からの返書が届いたと知れるので、かくなる裏には、啄木の密やかな《渡米志向》を窺うことができる。この川村哲郎の住所を小澤恒一に伝えた手紙（四月一五日付）には、「生は本年の秋か来春は太平洋の彼方、ロツキイの山走る国へまゐらんと存ずる……」とある。野口米次郎宛にも「私の胸にはまた新らしい病が起りました。外でもない、それは渡米熱と申す、前のよりも思い強い、呵責の様な希望です」（二月二一日付）と書いていた。

ここまでが、日記「甲辰詩程」を繙いての探照結果である。日記が多数存在する中で、あえてこの日記に依ったのは、当該時期が重く印象づいていて、たくさんの書簡の発信が認められるからであった。事実、堀合節子との恋愛がみのっての婚約、処女詩集の刊行準備（作品追加）、友人の姉の悲死に慟哭（詩「孤境」創作）、渡米志向、日露開戦による〝国家〟というものの意識化、村の小学校長の排斥運動に加担、その他の事が書簡の筆と関わっているのであった。しかも自己語りの、きざな〝箴言〟めくものが混じっている。例えば――、

・「詩人が胸中の別天地が、いかに美しく崇くあっても、全く現世を度外に措いては、その浄楽を現ずることが出来ぬ。失望と破綻とがこゝに至って鋭く起っています」（野口米次郎宛、一月二一日付）

・「詩は理想の花、神の影、而してまた我生命に候」（野村長一宛、二月一〇日付）

・「私は、詩神の奴隷の一人としてこの世に生れてきたと信じて居ります。詩は我生命である。……」（金田一京助宛、三月一二日付）

・「我らは無辺の旅に勇奮するのか。茫々たるこの世の海に、たよるべき者はたゞ互に心を知るの友許りではないか」（伊東圭一郎宛、六月二日付）
・「的なきに飛ぶ矢はなかりき、求むる所なくして漂ふ舟士はあらざらんなり」（小澤恒一宛、七月三一日付）

このような具合である。おりから大きな夢（処女詩集の刊行）があり、心強い反応（後押し）でも期待しての走筆であったものか。それなりに相手を選び、熱く自己語りの文句を並べ、それなる長文の書簡に紛れ込ませたのかもしれない。美的なアフォリズムとは言えないまでも、詩人気どりの言説となっているようである。

以上、書簡の行方問題を考えてみた。時期と期間を絞っての結果だが、発信と現存のバランスの悪さ……。時は大きく移ろったが、行方を絶った書簡が気になるばかりだ。一通でも多く発見されることを希ってやまない。(2)

注

（1）日本人のアメリカ移民史というテーマ領域に、かつて著者（藤澤）も研究の目を据え、現地を調査して、排日の嵐の中を生きる（生きた）彼らの意識と言語表現の問題を報告書にした。

拙著『日系文学の研究 - Japanese Immigrant –Emigrant Literature 』（大学教育社、昭和六〇年）である。

（2）行方がわからないといっても、絶望は禁物。どこかに残っているかもしれない……。あえてこのように思ってみるのも、ささやかながら一つの発見体験による。筑摩書房の『全集』書簡編に「追補」扱いとなっている、福場幸一宛の年賀葉書（四九六番）の場合だが、これは福場悟氏（幸一氏令弟）の示教により、広島県尾道市駅裏山の、尾道城天守閣二階の展示ケースに収め置かれてあった。拙著『啄木哀果とその時代』（桜楓社、昭和五八年）を成す前の、調査研究に長く時間を費やしている過程でのことであった。広角的に網を張りつづけ、根気よく探すのが良さそうである。

三、野口雨情が友――北方流転地に於ける出会いと別れ

出会いまでの前史――野口雨情は、明治一五年五月二九日、茨城県多賀郡北中村（現茨城市）に、量平・てるの長男として出生。本名英吉。神田の順天求合舎を経て順天中学校卒。明治三四年、東京専門学校英文科に進んだが一年で退学。帰郷して家業に従事するかたわら民謡体の詩を作り、雨情の筆号で地元の「いはらぎ新聞」等へと投稿開始。明治三八年三月、わが国最初の民謡集『枯草』でもって民謡詩人として世に出たが、家運が傾き、翌年、南樺太へと渡って事業を企てるが失敗した。

そこで、たまった詩篇を抱えて上京し、民謡集『朝花夜花』三編を刊行。早稲田詩社の結成に加わったが、生活が困窮。坪内逍遥の口ききで、札幌の「北鳴新聞」の記者になった。明治四〇年五月のことである。啄木と面識を持ったのは、一方の啄木が「北門新報」に入って一週間後＝同年九月二三日の、同僚記者小国露堂の下宿においてであった。同日の日記に「夜小国君の宿にて野口雨情君と初めて逢へり。温厚にして丁寧、色青くして髯黒く、見るからに内気なる人なり。共に大いに鮪《まぐろ》のサシミをつついて飲む」と初対面の印象を認めている。

この夜の出会の後、啄木は誘ってくれた小国露堂と共に新紙「小樽日報」へと職場を変たが、

そこに野口雨情も転じ来ていて、彼とともに三面を担当（義兄が中央小樽駅長とて、その官舎に数泊）。間もなく社内に不満の空気がみなぎり、ために共謀して岩泉主筆の排斥を企てたが露見し、雨情は社を追われてしまった。残った啄木は三面主任に抜擢されたが、本人はこの懐柔に応じず、さらに闘志を燃やして同主筆の追い出しに成功、みごと雨情の仇をうつ。しかし、これが原因となって、二ヵ月後、啄木は小林事務長とトラブルを起こして退社（妻子を迎えて間もない時とて貧窮状態に陥る）。

以後の詳細は省くが、雨情と啄木は二度ほど出会っていた。これが北の大地における交友の概要である。しかも意想外の事態が絡む。雨情を詩人扱いとしてであったが、「読売新聞」の明治四一年九月一九日の紙面に、彼の死亡記事が載った。これを本郷森川町の下宿で目にした啄木は、まったくの誤報とも知らず、その不運を嘆じて「悲しき思い出（野口雨情君の北海道時代）」と題せる追悼文を草し、天界を仰いだ（どこかの新聞に載せるつもりだったらしいが、誤報とわかって原稿を筐底《きょうてい》に沈めた）。

雨情はその後、帰郷予定を取り止め、日本製鉄室蘭工場の建設着工で活気づく町の新聞「胆振新報」の記者となり、紙名が「室蘭タイムス」と変更後も同社の有力記者として活躍。明治四二年の暮れまで勤めて、ようやく北方流転の旅に区切りをつけた。故郷の人となってからは、やがて身辺問題を抱え（妻ひろと協議離婚、水戸に出て中里つると再婚）。心身安んずると、創作活動にも弾みがつき、「こども雑誌」「金の船」（のち「金の星」）等へと寄稿。鋭意作品が増えて、大正八年に詩集『都会と田舎』、大正一〇年に民謡集『別後』、童謡集『十五夜お月さん』、昭和一三年に童謡集『青い眼の人形』、昭和一八年に童謡集『朝おき雀』等を発表した。その間にも、『童謡作法問答』『童謡と児童教育』『児童文芸の使命』など童謡の作法書を次々に出版。文字通り民謡・童謡界の中心的存在となった。昭和二〇年一月二七日、羽黒山麓の疎開先にて六三年の生涯を終えた。

雨情と啄木——別れた後の道が異なり、命の長さも対照的であったが、培った友情は確か！啄木の場合は、誤報による危うい失態（追悼文執筆）をし、無事だった雨情の歩みは如上のごとくであるが、再び会うことがなかった。生き急いだかのように啄木は逝き、出会いのチャンスを失った雨情にあっては、すすんで追憶譚を口にしなかった。友情とあいまっての流転中の苦い記憶（痼《しこり》の感情）があってのことだったのかもしれない。もしも自分の誤報記事に涙して追悼の筆を執ってくれた、と知っていたならば、また別の動きとなったのかも……との推量に及ぶ。交友期間は短かかったが、両者の間にはたくさんの話題素が詰まっている。

参考

啄木の「悲しき思い出（野口雨情の北海道時代）」より

◎本年四月十四日、北海道小樽で逢つたのが、野口君と予との最後の会合となつた。其時野口君は、明日小樽を引払つて札幌に行き、月の末には必ず帰京の途に就くとの事で、大分元気がよかつた。恰度予も同じ決心をしてゐた時だから、成るべくは函館で待合して、相携へて津軽海峡を渡らうと約束して別れた。不幸にして其約束だけに止まり、予は同月の二十五日、一人函館を去つて海路から上京したのである。
◎其野口君が札幌で客死したと、九月十九日の読売新聞で読んだ時、予の心は奈何《どう》であつたらう。知る人の訃音に接して悲しまぬ人はいない。辺土の秋に客死したとあつては猶更の事。若し夫野口君に至つては、予の最近の閲歴と密接な関係のあつた人だけに、予の悲しみも亦深からざるを得ない。」（明治四一年九月二一日起筆）

四、宮崎郁雨との宿縁の光芒

友情は変質する。めぐり合いの前からのことを考えれば、啄木と宮崎郁雨との間のそれは、わかりやすいかもしれない。周知のように、啄木は事情が極まって函館へと渡ったが、新潟の一寒村生まれの郁雨も、幼くして〃函館の子〃として育ち、地元の商業学校を卒えたあと、家業（味噌醤油製造販売）の後継者としての道にあり、親しい仲間と文芸的趣味を分かち合う、地域のポープと目されていた。かくなる渡道の古手とニューカム……。北方の素朴な荒々しさ、フロンティア精神、エキゾチシズム、連帯意識、進取志向、気真面目、辺境に在ってのチャンスの挽回意識などいった、特有の趣き（風土と精神性）。そして、北海道鉄会社の駅長としてある山本千三郎に嫁いだ姉トラがいる、この北の大地が性に合ったものか、迷うことなく啄木は〃新天地〃に屹立《きつりつ》した。運命的交わりの前蹤部《ぜんしょうぶ》となす。

*

おりから幌内炭山に暴動が発生。道内中部の山間の騒がしさとは裏腹に、穏やかな函館に着いた日（明治治四〇年五月五日）の夜、啄木は、苜宿社の人々の歓迎を受けた。青柳町の松岡蕗堂の下宿の部屋に集った一同はみな好漢！　気分を良くした啄木は、直ぐに心を開いた。　以後、地元の皆がこの遠来者の働き口を世話し、いろいろと支援にまわった。啄木は、おりおり彼等の雑誌「紅苜宿」の編集を手伝うなどしながら、迎えた妻子ともども移住者として順調な日を送る。郁雨の場合、そうした中で〝啄木の魅力〟を発見。その「優れた天分と文学に対する深い造型、（……）総ゆる障碍を排除して成就した彼等夫妻の健気な恋愛（……）自分の持たないもの」（郁雨著『函館の砂』）に惹かれていく。一方の啄木も、郁雨をして真の友たることを実感。両者はごく自然に信頼関係を深めていった。

　しかし、平穏な日々は長くは続かなかった。函館の人となって八〇日目のこと、東川町の一角から出た火が、強風に煽《あお》られて大火に発展。ために勤務先を失った啄木は、信頼せる郁雨の友情に頼り（家族のことを頼み）、次の仕事先へ。まずは札幌の新聞社に始まり、次に、小樽の新聞社へと転じて妻子を呼び寄るも、定着性欠いた。また再び、狩勝トンネルの開通によって容易になった、釧路の新紙へと記者として単身赴任。家族の困窮に心痛めつつ、少しく居ただけで最果ての地に見切りをつけ、東京を目差す。彼は経由地たる函館で一旦家族（妻子と母カツの三人）と合流。今度は全面的に郁雨に助力を頼み、家族を函館にとどめての、単身での上京者となった。残された家族の不安を案じた郁雨は、両親の理解と協力を得て庇護につとめ、時期が来て、妻子が東京の啄木の許へと帰るのを助けた。

＊

そもそも函館の青年たち＝苜宿社グループの間では、啄木が吹聴せる大恋愛譚の効果が効き、節子に対する関心度が高かった。そのような中での、幼児を抱えての北上とて、不安げな彼女を皆が優しく受け入れた。啄木夫人たるところをわきまえての、ほのぼのとした友誼の線上での、ある種のヒロインの如く見守った（彼女を「合歓《ねむ》の花」と形容する者もいた）。むろん、フェミストの郁雨も同様で、いまだ恋人を持たぬ気楽さもあってか、彼は、節子に対して優しい眼差しを向けた。しかして、生活基盤の定まらぬ啄木は、その鋭い勘を働かせ、むしろ自分からの親密さでもって甘えるように、金銭無心の手にでる…。

啄木は、さっそく借金の口述に「実は妻も可愛相だし……」（明治四〇年七月八日付）と一筆。機微を穿って当面の生活費を借り受け、その後も「私としても妻に心配をかけたくなきは山々に候」（同年八月一一日付）とか、「京ちゃんのおぢさんなら聴《やが》て僕と兄弟だらう」（同年九月二三日付）などと、含みのある言辞を添えて同様の手立てとした。やがては真の友情のみを浮立たせて、妻子と実母を一括して郁雨に託し、ひとり自然主義文壇を目差して上京する。だが、周知のように創作活動は思うにまかせず、虚しくうろたえるばかり……。結局、一年二ヵ月にわたって家族の扶養を怠ってしまう。この事態に対して、隆昌中の商家の総領息子である郁雨は、理解ある両親の許諾のもと、気の毒な残留家族を経済的に支えて〝友情〟を義理立てした。

しかし、同時に郁雨の胸中が変化し始める。彼は苦闘中の啄木を声援しつつ訝《いぶか》しみ、眼前の悲しげな残留家庭の、とくに姑を庇《かば》い、夫の成功を祈る節子の生きざまの中に、けなげな人妻の美しさを感じ取っていた。だからであろう、郁雨は、決して縮まる事のない距離とわかっての、彼女への対応に留意し、（禁忌の領域の人なるがゆえに厳しく己れを律し）、そうあることで彼は、内部葛藤に耐えつつ世間に向かっては、平静をつくろっていた。かりに『歎異抄』の一節をもじるならば、〝善人は自力をたのみとして善根を積む〟との謂いに当たるのだろうが、そこは情熱発散の青年期。内なる心の位相は単純ではなかったようだ。郁雨の全体像が何やら鮮明さを欠くのは、このアイデンティティの危機を持ち合わせたことと無関係ではない。

＊

津軽海峡の南下が、郁雨を変えたと言うべきか。明治四二年六月半ば、彼は函館残留家族を、啄木（東京朝日新聞社に就職）の元へと引率する際、節子らと共に盛岡の堀合家に数泊した。そして、まずは三女の孝子を見染め、一旦、家族を本郷区弓町に借間を構えた啄木の元へと送り届けた後、帰路に再び堀合家に直行して、節子の妹孝子との結婚を申し出た。しかし、父親の忠操から「上から順番」と言われ、二女ふき子で納得…。帰宅後、あきらめ顔の父竹四郎と、

「節子さんの妹ならば」と言う母クリの了解が得られ、同年秋、婚姻関係を結んだ。「姉さんは、お前たち二人のうち、一人もらってもらはうと思ふて来たのだがお前（注、ふき子）に落ちた。この姉さんの心づくしをわすれてはならないよ」（明治四二年七月五日付）とは、郁雨がこの婚姻を決断した直後、姉の節子が二人の妹に宛てて認めた手紙の一節である。これによって、妹の結婚を仕掛けたのが、節子であったことがわかる。

してみると節子は、郁雨の頼り甲斐のある人柄（優しさ・信頼性・経済力を含む）とあいまっての、自分の夫にないものを持ち合わせ、犠牲的に献身してくれる彼に、好意を抱くようになっていったのではなかったか。そうであったに違いない。本来なら、家族がようやく親子・夫婦が一つになれたという喜びとなるのだが、さにあらず。節子は、自分と愛児と姑を東京へと連れて来てくれた郁雨が、去った途端に肩を落としている。実家の母トキに宛てて「東京はいやだ」（同年六月一九日付）と告白。郁雨が盛岡で下車して前述の求婚話をしている頃を見計らい、言外に彼を念頭に置いたらしくもある、素直な感情を告白していた。

そして、縁談が決まった妹ふき子宛ての手紙に、「お前は幸福な女だ！　私は不幸な女だ！一年の間兄さんとたのんだ宮崎さん、私はほんとの兄さんと思ふて居た、お前が行けば、私は姉さんになる。こればかりは大不平だ、もしお前だけ姉さんと云ふて、私も兄さんと云ふてよいならいいけれども、し方がない可愛い妹の事だからまけておかう」（同年七月五日付）と認め、この妹がやがて新生活を営み出すと、「兄さんはどうして居られるでせうね――。ふきさんは少しもおんもらし下さらないから、毎日毎日どうして居らつしやるだらうと思つて居ます」(四三年一月一八日付)と書いている。

姉と妹との関係が健全で、何でも言える間柄ということで、ジョーク混じりの声援らしくもあるのだが、それだけではなさそうだ。家族の分散という異常事態のあとの、本来なら親子・夫婦の団欒《だんらん》が得られるべきところ、東京生活の早々から〝すっきりしない〟ものが節子の心を暗くし、それが潜在せる心理を複雑化させ、当該の文面になったものと解せる。むろんそこに、妻ゆえにわかる直感、すなわち「ローマ字日記」に記述の女遊びの気配、何かと機微を欠く夫への幻滅の気持、息子の元に戻って強気になった姑との確執、さらには、都会に出て来て夢が破れた気持ち等々、先々を暗くするような複雑なものがあったらしい。味方が居ないという不安もあった。手紙に「東京はいやだ」とある本心の告白は、実母に宛てたから漏らし得たとなるのである。おそらく心の隅に、頼り甲斐のある郁雨のイメージが揺曳してのことであったろうことも、推察しうるところである。

＊

上京後の新居は、本郷区弓町の喜之床という床屋の二階二間で、ここに夫婦・京子・姑カツの四人による暮らが始まったが、姑との確執により節子は体調を崩し、上京三ヵ月半ほど経ったところで書き置きをし、子連れで盛岡の実家へと帰ってしまった。あわてた啄木は金田一京助に相談。彼の尽力により節子は元の形に戻ったものの、この事件は夫婦にとってのトラウマとなった。

それを乗り越え合った結果、翌年秋、節子は真一を出産（嬰児状態で死亡）。その悲しみの中で啄木は、処女歌集『一握の砂』を上梓し、文運上昇の兆しとなるが、この頃になって、肝心の体調に異変をきたし、神経も過敏に……。で、妻の心労が昂じた結果、夫婦関係がこじれた。あげくの果て、啄木は妻の実家へと義絶を通告した。それがまたこの一家を孤立させ、親戚筋の不安を誘発した。築けぬ家庭の安定、つかめぬ幸福感……。いよいよ啄木一家が縁者として頼る先が、郁雨夫妻となってしまった。その結果、彼方で見守る郁雨が見かねて、度々生活資金を送って支援するという、奇妙な状況へと陥って行った。

三ヵ月後＝明治四四年九月に大事件が勃発した。――再度の教育召集令により、旭川の第七師団連隊に在った郁雨は、家庭を離れた気楽さや、あたりの秋意の興に流されたものか、義姉の健康を案ずる思いに、積年の〝思慕〟を絡めた気分を一通の手紙に託して、うかつにも彼等のテリトリーへと投じてしまった。いわゆる「美瑛の野より」の匿名で発信の、節子宛て書簡がそれである。どうやら読後に始末されるべきものだったらしいのだが、彼女の不用意により発覚。啄木は異常なまでの猜疑心を掻き立てた。残念ながら同書簡は現存しない。後日、友人の丸谷喜市に依って表沙汰になったということであるが、彼によると、肋膜炎に罹って入退院があった、その直後のこととて啄木は、極端に冷静さを欠き、傍らの節子にも肺結核の症状が出ていて、ともども大変な状態に立ち至ったという。丸谷喜市らの尽力で夫婦間が丸くおさまったものの、啄木の疑念は収まるどころかヒステリックに反応。ついに郁雨との義絶となってしまった（生活費等に困っても頼るべき人が無くなり、節子にはダメージが多きかった。郁雨にとっても生涯の悔やみとなるミステークだった）。

このあと啄木一家の間に、特段の波風が立った様子は窺えないが、啄木の健康問題が深刻化し、また、節子の体調も良からぬ方向へと向かって、一家の内状が極度に悪化した。その窮状に耐え続ける夫婦は、ともども生命危うきものとなり、ついに明治が終わろうとする頃、愛児京子を遺して啄木が他界。その二年後、節子もみまかった。かくなる石川家最晩年の悲劇に、成す術もなく佇んでいた郁雨は、妻ふき子とともども追善へと向かい、大正一五年、私財を投じて函館の立待岬に「啄木一族之墓」を建立。永遠の眠りにつかせた。また恩讐を超えて、否、その偉大なる遺産（文芸）を誇りとして証言し、啄木文学の顕彰活動を行った。そうすることで彼は、啄木短歌の受容から同質的創作の実践者となった。

総《すべ》て捨て一途に恋をつらぬきし姉に曳《ひ》かれし恋かもしれず
姉をたて妹を愛でてその恋を恋ひける人は君の御姉
われ悔いず／かのよき妻を侮《あな》したる友を憎みし／直路心《ひたみちこころ》
それぞれの分に立ちゐて／我の身氏啄木の身氏／友といふもの

このような歌が『郁雨歌集』（昭和三八年）等に含む。啄木の『一握の砂』に「大川の水の面を見るごとに／郁雨よ／君のなやみを思ふ」とある叙情とも、時間を隔て合っての掛け合いの如くと映り、美しい交感の構図となす。歌語にはなっていないが、郁雨の歌には〝天才啄木〟との宿縁という、己が運命に対する凝視感覚が滲んでいる。一方の「郁雨よ／君のなやみを思ふ」と嘆じた啄木歌には、その固有の存在性に対する特化と、他者には気づかれぬ義兄弟という信愛の気持ちが、壮大な叙情空間に嵌っている。

＊

互いの最後は縺《もつ》れたが、ながらえた郁雨は、啄木夫妻との葛藤部を止揚し、一族を交えての安眠の場を、彼等にとってのゆかりの地＝海に面した立待岬に用意した。そして、函館図書館内に「啄木文庫」の創設をはかり、貴重な資料の散逸を防いだ。以上をもって鑑みるに、素顔の宮崎大四郎、号しての郁雨は、宿命のバイプレーヤーに甘んじたが、義兄姉亡きあとは脇役を返上、毅然と啄木の顕彰に尽くす〝義士〟にして、ヒューマニストであったということである。

第六章　土岐善麿——ながらえて多彩に歩む

1、生涯の軌跡をたどる

活躍が多彩で、ここでは啄木とも絡んで意味をもつから、善麿のバイオグラフィーは、きちんと把握しておくべきと考える。しかしてそれなる生の起点から――。善麿は明治一八年六月八日、東京浅草区松清町の真言宗大谷派等光寺にて、父土岐善静・母観世の二男として生れた。父の善静は仏教・国学等の道に通じ、柳営連歌最後の学僧として知られ、晩年は仏教専門誌「法話」の和歌俳諧欄の選者をつとめた。俳号は湖月。善麿の資質の生得部は、この父方から来ているとされる。

さて東京府の命で、天皇皇后の写真および教育勅語を校内一室の場所に奉置となった明治二五年春、父親とも関わりのある大谷教校（のちに真宗の大学）に入学し、二年後に浅草尋常高等小学校の尋常科三年に編入。高等科を経て、府立第一中学校（現日比谷高校）で学び、明治四一年七月、早稲田大学本科英文科を卒業して、直ぐに読売新聞社の記者になった。その間に金子薫園の門に入り、詠草を湖友の筆名で「新潮」に投稿。また若山牧水、佐藤緑葉らと回覧雑誌「北斗会雑誌」を発行したり、牧水と武蔵野を逍遥して人生と芸術について語り合い、歌を「読売新聞」日曜付録文芸欄へと投じることもあった。

新聞記者となってからは、中村鷹子と結婚して芝区浜松町に居を構え、労働とあいまって文芸面をも充実させ、英詩にヒントを得て三行書き歌体を開発。それをヘボン式ローマ字で綴り、明治四三年、哀果の号で処女歌集『NAKIWARAI』をローマ字ひろめ会から出版。この縁により ローマ字運動に参加するが、その後、ヘボン式が日本語の表記に適さないと悟り、日本式ローマ字に転向し、日本ローマ字会の理事になった。

その頃、東京朝日新聞社で校正の仕事に就いていた啄木は、上司の安藤正純から声がかかり、直ぐに筆を執ったのが、大木頭の匿名で執筆の「『NAKIWARAI』を読む」と題する書評であった（八月三日掲載）。これを読んだ善麿は、当該批評者の素顔を知って驚き（喜び）、これが機縁となって明治四四年一月、善麿―啄木の交遊が開けた。そこで新時代の思想的啓蒙を図るべく提携、文芸思想雑誌「樹木と果実」の発刊の企画となった（おりから大逆事件の直後とて、善麿は「日本に住み、／日本の国のことばもて言ふは危うし／わが思ふ事」と詠い、思想的にも啄木に近い立場にあった）。雑誌の計画は印刷屋の倒産によって頓挫し、やがて啄木までがみまかってしまう。

盟友を失った善麿は、「現代の社会を究明し、そこに営む実生活を省察して、その感想を自由に表白したものが、吾人の芸術でなければならぬ」との標榜のもと、文芸雑誌「生活と芸術」を創刊、歌壇に生活派と呼ばれるグループを形成して、新時代文学としての先駆的な役割をになう……。市井の共鳴者を加えて始発した「生活と芸術」は、荒畑寒村や大杉栄らの参加もあってか、次第に社会思想雑誌の性格をおび、また、主宰者たる善麿も思想的に行き詰まってか、大正五年六月、通算三四冊をもって終刊した。

この終刊が転機となって善麿は、哀果の筆名と三行書きを止め、歌風にも一転機を画した。また、一〇年にわたる読売新聞社を辞して東京朝日新聞社へと移り、たちまち信を得て、昭和二年春、ジュネーブで開催の世界海軍軍縮会議の取材に出掛け、そのままダンチッヒへと回って、エスペラント大会にも出席した（後述）。社内では社会・学芸・調査の各部長および論説委員を歴任。歌人としての継続とあいまって『万葉集』の研究にいそしみ、ローマ字やエスペラント活動にも力を入れ、短歌雑誌「日光」の主要同人としても活躍した。

朝日新聞社を定年退職した昭和一五年春、法隆寺礼堂に新作能「夢殿」を奉献し、素謡の舞いを舞った。戦後は文部省のローマ字教育研究協議会議長、国語審議会会長、その他各種の文化活動の役職に就くとともに、研究『田安宗武』で母校早稲田大学より文学博士の学位を得、また盛唐の詩人杜甫の叙事詩の研究に携わり、日中文化交流にも尽力した。早大教授、武蔵野女子大学教授。文化功労者に推挙され、日本芸術院会員、紫綬褒章を受章。昭和五五年四月一五日に瞑目、享年九五。生家である等光寺の墓碑には「寿塔」と刻まれている。

明治・大正・昭和の三代にわたる激動の時代は、夭折者＝啄木が歌語に託した「新しき明日」であったが、その折々を、善麿は〝自己と外部〟との調和を図りながら歌を詠み続けた。

刊行歌集は『NAKIWARAI』から最終の『東西集』（昭和四二年）までで二四冊。これに自選歌集と称する一〇冊があるので、合わさせると三四冊に及ぶ。彼は《歌人》としての顔を見えやすくしている。周知の「啄木・哀果」と併称された時代の、三行書きの第二歌集『黄昏に』（明治四五年）は、近代的な明るさと、自己の弱さを弱さとして表現しようとする潔癖さを湛え、都会生活の潑剌とせる生活感情を率直に詠っており、果然と文学史に位置づいている。

2、『啄木追懐』を著して友情を永遠化

ローマ字歌集『NAKIWARAI』の紹介・批評が端緒となり、雑誌「樹木と果実」の提携・挫折という事実があって、以後、善麿の友情感覚は格別なものとなった。間もなく臥せる人となった啄木を気遣い、逝けるや、彼の宣揚へと向かった。その第一歩が葬儀・仮納骨を自分の生家である浅草の等光寺で済ませ（一周忌・三周忌・七周忌も）、つぎに畏友の文業を広く世にわたらせるべく『啄木遺稿』（大正二年、東雲堂）、『我等の一団と彼』（生活と芸術叢書第六集・大正五年）、『啄木全集』（大正八年、新潮社）を編んで公刊。しかも、折々の思いを冠せる『啄木追懐』（大正八年、新潮社）を巷間へと発出した。

この友情の書『啄木追懐』は、四六判・三七五ページ・定価一円八〇銭で、「明日の考察」

「交遊記」「樹木と果実」「NAKIWARAI」「墓標の前に立って」等々、あわせて二三項目から成っている。文字通り心魂に徹せる友情の書であったと言うべく、蒼卒《そうそつ》と歴史の中へと入った啄木を惜しみ、敬して称える証言の書として歴史的な意味をもつ（金田一京助の『石川啄木』〔昭和九年、文教閣〕が世に出る二年前のことであった）。重ねての謂いだが、善麿の『啄木追懐』は、遠のいていった啄木の素顔を素描し、あわせて著者たる自身の伝記部とも嚙む、善麿研究のための一級資料となっている。

このようにして善麿は、悲運の友を永遠化した。天界の友と心を通い合わせていたのかもしれないのだが、その本人も、昭和の終わりに近い五五年春の、桜の季節に九五年という天寿をまっとうした。善麿の活動幅と質と量を考えれば、その全体像の探究には、複眼的な視点が必要とかと言えるところである。

3、エスペランチストとして国際交流（ダンチヒで開催の万国大会に参加）

ユネスコ公認のエスペラント（エス語）は、ポーランド系ユダヤ人の眼科医L・L・ザメンホフ（一八五九〜一九一七）が、国家や民族の対立要因に《言葉の壁》がある以上、どうしても万国・万人共通型の《言語》が必要であるとの考えから、一八八七（明治二〇）年に公表した人工言語である。原意は「希望する人」で、二八の字母と、一六条の文法から成る（国際共通性の高い単語は、ロマンス語・ゲルマン語・スラブ語などからの応用とも……）。その有用性により万国共通の国際語、すなわち「ESPERANTO」として定着。今日にいたっている。

日本人の反応も早かった。まず一八八八（明治二一）年、ドイツに留学中の丘浅次郎がエスペラント語を学び、以後、帰国者や在日外国人らによって積極的な活動となった。一九〇六（明治三九）年には、黒板勝美らによって「日本エスペラント協会」が発足（九月二八日、東京神田の青年会館にて第一回大会）。機関誌「エスペラント（ESPERANTO）」の刊行開始となり、二年後のドレスデンに於ける第四回世界エスペラント大会には、新村出が日本政府代表の形で参加して、国際的なつながりを広めた。国内でも若い世代が育ち、一九一九（大正八）年には、小坂狷二《けんじ》らが中心になって「日本エスペラント学会」の誕生した（機関誌は従前のまま）。やがて〝英語教育を外せ〟といったファシズムの嵐が吹くも、エスペラントは無難に歩む。それどころか、JOCK（名古屋中央放送局）では「初等エスペラントラジオ講座」放送さえ始まっている。

むろん、善麿の参加もこの間のことであった。日本式ローマ字運動と一体化させつつ、彼は積極的にエスペラントを必要言語として共有。朝日新聞社の調査部長の身であった一九二七（昭和二）年の初夏、特派委員として出掛けた先から、ダンチヒ市（後のグダニスク市）で開催の第一九回エスペラント万国大会（参加者は約一〇〇〇人）へと赴き、期せずしてやって来た仲間達

——大石和三郎（高層気象台長）、小坂狷二（鉄道省技官）、長谷川理衛（京城大教授）、瀬川重礼（四高教授）、浅田一（長崎医大教授）、小野寺兼吉（画家）と一緒になって、それぞれに出番を心得つつ〝一つの言語〟で異国のエスペランチスト達と交流。ともども理解を深め合った。

大会終幕後、善麿はザメンホフの旧宅をめぐり、先輩格の石黒修に報告のリポートを送った。同年九月号の「エスペラント」誌に載った文面には、「様々な国の人達のエスペラントを耳に聞く機会は、そう度々ない事なので、僕もつとめて顔を出してゐます。（……）お蔭で、僕のエスペラントも色々な機会に役に立つてゐます」とある。

関連してのことだが、善麿が未だダンチヒに在る時、そのタイミングにおいて、かつて＝一九二一年にプラハで開催の第一三回世界エスペラント大会に出席、国際連盟事務局次長の新渡戸稲造は、「日本人と言語の学習に就いて」題せる所論を「エスペラント」誌の先立つ八月号に寄せた。要旨は「日本人は自分の国語が時代に適応せず、そのため国際関係に於いてどれほど苦痛を嘗めているかを充分に自覚している」というもの。期せずして、ダンチヒで国際交流中の善麿らへの声援ともなっていた。翌年、善麿は『国字・国語問題』（昭和三年）を日本のローマ字社から出したが、発行元が国際語研究社ではなかったものの、双方に軸足を置いての出版であった。日本の言語問題が、即《国字・国語問題》であるとする熟慮の書で、鋭い国際言語感覚と、一つの困難超克の思想を漲らせてさえいた。

やがて戦後へ。善麿の身辺はますます忙しくなったが、エスペランチストしての立ち位置に変化はなかった。しかして、日本エスペラント学会の創立五〇周年を迎えた一九五六（昭和三一）年一一月一〇日、善麿は「五十周年記念行事委員会」の会長として壇上に立ち、同学会の歴史を顧みつつ「物故先覚者の名をあげて称え、来るべき新しい半世紀の運動の発展について誓った」。奇しくもこの年が「東京開都五百年」に当たったことから、異様な盛り上がりをみせた（文部大臣と東京都知事から祝辞が寄せられ、日本学術会議会長らが参列）。前夜祭を合わせると参加者は約七〇〇〇人に及んだという。時に善麿は七一歳。これがエスペランチストたる彼の、最後の光彩部となっている。

4、旧作をエス訳で五首発表（新資料）

このように開けた視界から、善麿のエスペラント訳（以後「エス訳」とも）短歌が見えてくる。わざわざエスペラントで詠んだというのではない。過去に詠んだ歌をエス語に変換、同時点での活動につなげた、ということであった。その数は五首。これが存在する先は「エスペラント」誌（昭和二年三月）で、「Toki-Zenmaro」の名のもと、「Parolante,ke Li anas….」（「彼が愛することを語りながら…」の意）との表題が付き、日本式ローマ字表記との対で、その九ページ目に収まっている。最後に「Trad.de Mijake Sihei.」とあるので、エス語変換者が三宅史平であったと知れる。放置されてきた理由は定かでないが、本人が気にしていなかったのは確か。その後の歌集には収められず、最晩年に成せる全歌集成『土岐善麿歌集』（昭和四六年、光風社書店）にも収録をみない。当該のエス訳歌は、原歌のローマ字表現つきで、次頁のようにある。

原歌はいずれも既刊の歌集に収まっている。ちなみに、第一歌は『緑の地平』（大正七年）の小題「農科大学にて」中の「この馬をもつとも愛づと厩《うまや》より曳きいだしたり大き蘆毛を」。第二歌も出典は同じで、小題「月島」中の「さざなみの上にひろがるうねり浪、白帆ことごとく海にいでたり」。第三歌は『雑音の中』（大正五年）の小題「浜離宮にて」中の「池みづにゆたかにちれる桜ばな、わが見るものにあらざるごとし」。第四歌は『緑の地平』の小題「トラピスト修道院滞在」中の「人のあゆむ音きこゆ、見まはせば影もなし、ぽぷらの秋風の中」。そして、第五歌が『佇みて』（大正二年）の小題「長春」中の「ひろがりてはまたかたまりて、／ぞろぞろと、／ゆふ日の岡を豚はかへるかも。」とある、読売新聞の記者として外地を巡った際の作であった。

これらの選歌基準は曖昧であるが、いわゆる自身が主唱の〝生活派詠〟である。併記のローマ字は日本式となっているが、この措置は言語変換者である三宅史平が、善麿が最も先頭に立つ日本式ローマ字推進論者である、ということを考慮してのことであった（エス訳との組み合わせ

Parolante, ke Li amas....

Toki-Zenmaro

Parolante, ke
Li amas tiun ĉi plej
El ĉevalejo
Eltiras li tre grandan
ĉevalon la grizharan.

Ĉe Tuki-Sima

Sazanami no ueni hirogaru
Unerinami,
Siraho kotogotoku
Umi ni idetari.

Ĉerizfloroj,
Sur akvon de l' lageto
Faladas dise,
Tiel trankvile, ke mi
Ja ne valoras vidi.

Vizitinte Trapistan
Monaĥejon en Hokkaidô

Hito no ayumu Oto kikoyu,
Mimawaseba Kage mo nasi,
Popura no Akikaze no naka.

Reiras porkoj
Altaĵon vesperluman;
Nun disiĝante
Kaj nun amasiĝante,
Post porkoj sekvas porkoj.

—Ĉe Sapporo'a Agronomia Kolegio—

Kono Uma wo mot omo medu to
Umaya yori hikiidasitari
Ooki Asige wo.

Ho ! alvastiĝas
Sur ondetoj mallarĝaj
Ondoj larĝaj;
Blankaj veloj troviĝas
Ĉiuj jam sur la maro.

—Ĉe Hama Imperiestra Palaco—

Ikemidu ni
Yutakani tireru
Sakurabana,
Waga miru mono ni arazaru gotosi.

Ke paŝas iu
Aŭdinte, ĉirkaŭvidas,
Sed mi nur trovas
Ke aŭtunvent' blovas
Poplojn kaj al neniu.

—Dum la Veturado en Manĉurio.

Hirogaritewa
Mata katama ite zorozoroto
Yûhi no Oka wo
Bata wa kaeru kamo.

• Trad. de Mijake-Ŝihej. •

Rim. de Red. La tekston ni skribis per Nippon-siki-Romazi, ĉar Sro Toki laboradis jam de longa tempo por ĉi-tiu Rômazi-movado en nia lando.

とて、本来ならば万国型のヘボン式が相応しい）。歌人にしてエスペランチストたるゆえの、デリケートな部分である。

なお、当該「エスペラント」誌では、あわせて日本文学のエス訳発信企画が平行していた。右の五首が載った号に限っても、直前に軽井沢の別荘で情死した白樺派の作家、有島武郎の評論「惜みなく愛は奪う」（大正六〜八年）に特化し、それのエスペラント訳を東宮豊達の担当で、原作付き連載の開始となっている。これには「特記」欄があって、その中で「原文併記を御承託下さった有島生馬氏（注、武郎の実弟で画家）の御厚情に対し、こころよりお礼申し上げます」とあって、たくさんの語注が付いている。完訳後『SENBEDA ŪRE AWO RABAS』のエス題で昭和六年七月に、日本エスペラント学会の単行本となって出た。

5、外延部・本邦におけるエスペラント文学について

あえて補うとして、善磨の外延部の情況を点検しておきたい。そもそも知恵の成果としてのエスペラントは、大きなうねりをなさず、限られた範囲において延々と歩み、歴史を刻んできた。いまも堅実に歩んでいる。しかして問い起こしとなるのだが、換喩しての歩みの回廊（空域）には、どのような実態が詰まっているのであろうか。善磨のエス語が絡む外延部となるの

だが、このテーマ領域には、ほとんど考究の視点が据えられて来なかった。そこで所与の小題を掲げて分け入るよしよう。観点は次の四つ――

①小説や詩歌の当事者が関わったところの諸々
②エスペランチスト達によるエス訳作品の関連
③本邦のエス訳化日本文学の海外移出の関連
④海外のエス語・エス訳作品の移入の関連

便宜上、史実の把握にともなう考証過程を省く。その上でのことだが、あえて明白となる枢要事項・様態等について、その概略の部分を以下に掲げる――。

まず①であるが、初めに二葉亭四迷がいた。彼は「日本エスペラント協会」の設立（明治三九年）に関わり、冊子「世界語（エスペラント）」を刊行。これが手引きとなって、エスペラントの気運が芽吹いた。以後、機関誌「エスペラント」が活動の拠点となり、尾上柴舟によるエス訳「ローレライ」の日本語化、秋田雨雀・生田春月らによるエス訳作品の発表、芥川龍之介の「忘備録」中のエス語表記、川端康成が『文章読本』（角川文庫）で示したエス語への親昵ぶり、等々が本人直々のものとして管見に入る。

これに対して②は、東宮豊達・野島安太郎・梶弘和・野原休一・大島義夫らのエス語専門家が担った。彼等がエス訳対象とした作品の中には、有島武郎の『惜みなく愛は奪う』『宣言』、芥川龍之介の『南京のキリスト』『鼻』『トロッコ』『杜子春』『河童』、志賀直哉の『范の犯罪』、武者小路実篤の『二十八歳の耶蘇』、徳永直の『豊年飢餓』、岡本綺堂の『修禅寺物語』、山本有三の『嬰児殺し』、森鷗外の『高瀬舟』、島木健作の『獄』、新田新の『原爆の子』、夏目漱石の『倫敦塔』、野上弥生子の『海神丸』、長谷川テルの『戦う中国にて』、『聞けわだつみの声』『日本書紀』『方丈記』などがある。

次に③であるが、この領域はトピック化する。例えば、一九二〇年代に限っても、有島武郎の『宣言』（東宮豊達エス訳）は、ライプチヒの出版社刊＝エス訳世界文学叢書の一冊となり、芥川龍之介の『南京のキリスト・そのほか』（東宮エス訳）は、ベルリンの出版社刊＝エス訳世界文庫の一巻となり、菊池寛の『藤十郎の恋』（梶弘和エス訳）は、ハンガリーの出版社から出た。こうした事とは別に、リスボンへと運ばれた菊池寛の『父帰る』（梶弘和エス訳）が、同地の劇場で上演されたという。

海外から入ったとなる作品④では、日本エスペラント学会刊行の対訳叢書の形をとる。その中には、ディケンズの『人生の戦い』、シラーの『強盗』、アンデルセンの『みにくいあひるの子』（以上ザメンホフのエス語全集から）。メリメの『マテオ・ファルコネ』（大島義夫エス訳）、ドーテの『風車小屋だより』（三宅史平エス訳）、『イソップ（五〇）』（中垣虎五郎エス訳）などがある。また、異邦で出たエス訳本＝トルストイの『イワンの馬鹿』、プリヴァの『カルロ』、エルシェンコの『落ち葉物語』、『ハイネ詩集』『沙翁悲劇論』『レイモンド短篇集』なども。他にも、モーパッサン、イプセン、ゲーテ、ツルゲーネフ、ユゴー、チェホフを含む諸家のエス訳本が適宜に導入された。

かくして列挙の事例が物語るように、どうやらこのエスペラント文学は、エス語を敷衍させたいと考える、その平和的連帯感を基礎とし、エス語表現とエス語作品とを以て自立していること。そして、それが横に拡がる国際性と、縦にのびる歴史性との交点で、順次、相応の内実を擁していることがわかった。ここまでとするが、エスペランチストとして括れる、その外延部は誠に賑々しい（善麿は言語学者の新村出から自身の歌集『新月』の歌稿チェックを頼まれ、詳細な朱入れの手紙を返していたが、これもエスペラントとの縁つながりであったのかもしれない）。

正式な統計はないが、現在、世界には一〇〇万人程度のエスペランチストがいるとの見方があるが、現実の社会に於けるこの言語の通用度は低いとの指摘がある。果たしてどうだろうか。このエスペラント領域は、国際文化面から見てもまことに重要。本格的に探究されるべきものと考える。

付記

（1）詩と童話を書いた宮沢賢治は、二六歳の時にエスペラントを学習した。この事実があるから、童話集『注文の多い料理店』（大正一三年）の宣伝文句（賢治執筆とされる）中に、「イーハトヴとは一つの地名である。（……）著者の心象中に、この様な状景をもつて実在した……」云々とある、その「イーハトヴ」（のち「イーハトヴー」などと表記の語尾が変化）なる地名設定の、語として依るところは、エスペラントであるらしいとの所見が、早くから指摘されてきた。この問題はなお検討状態にある。なお、宮沢賢治がエスペラントを学んだ直後、すなわち関東大震災の混乱の中で、無政府主義者の大杉栄が、伊藤野枝および甥とともに憲兵大尉甘粕正彦によって扼殺された。悲運の人であるが、大杉栄らもまた「日本エスペラント協会」の設立に加わって以来の、正真のエスペランチストであった。その思想と行動に、エス語がどう関わったものかはわかっていない。

（2）日本エスペラントの開発者の一人で、歴史学者の黒板勝美は、明治四四年初頭に起こった、南北朝正閏《せいじゅん》問題＝国定教科書の南北朝並立の見解を巡って起こった論争の際、南朝正統を主張する先頭にあった（並立説が三上参次で、北朝正統説の側に吉田東五がいた）。しかして代議士の藤澤元造が、議会で〝この問題〟を取り上げるとの噂がたち、ために彼は、桂内閣から圧迫を受け、議会の演壇に立つこともなく、国会議員を辞職した。これを知った啄木は、入院先のベット上で「藤澤といふ代議士を／弟のごとく思ひて／泣いてやりしかな」（『悲しき玩具』）と詠み、不快感をあらわにした。――ということではあるが、その啄木に、当該「南北正閏問題」のアカデミズムの底まで、つまりエスペランチストたる黒板勝美の存在までは、知っていたかどうかは詳らかにしない。

あとがき

生き急いだ啄木だが、彼は国際的にも名をなす稀有のポエットである。エリートコースを外れ、共同体を逸脱し、流浪と独学によって才を磨いた。本書は、そうした軌跡にともなう文業の秘儀に着目した。『聖書』や欧露の作品を漁ったところを探り、創作の実態をさまざまな観点でもって解き、人事等におよんで所見を据え、魅力を発見していった。啄木が時空の彼方でじっとこちらを向き、あるいは表情をゆるめてくれればと思う。

同じく時代閉塞の現状を愁い、ともに啓蒙の文芸誌を計画し合った土岐善麿（哀果）の場合、啄木亡きあとも真情を尽しつつ三倍もながらえ、たくさんの著述をなすも、文学史上の評価は曖昧……。ちなみに啄木が逝って二十三年後、若き日の長詩「マカロフ提督追悼の詩」が、在日白系ロシア人、M・グリゴールによってロシア語に変換され、東京で発刊の「ナ・ボストーク、НА ВОСТОКЪ」の誌面を飾り、革命後のソビエト国へと渡ったが、このようなトピックも善麿には伴なわなかった。啄木がいかに恵まれ、国際化に繋がっているかが、あらためて浮き彫りになるのである。

本書を編むにあたり、三つの点に力点を置いた。一は、その出発点から啄木は、外国の詩と物語に注目して独力で吸収・応用し、ポエットとしての名声を得、小説の面でも一等の文人であろうとしたところの、営為の結果としての諸相に考究の目を据えたこと。二は、異なる言語種による啄木関連の文献を追い、仏訳歌の発掘、また国内に埋もれたローマ字追想歌の取り出しに努めたこと。三は、人脈上の特殊性、とりわけ義兄弟となった宮崎郁雨との相関・意味の重さの様相、および、善麿が宿縁の先を延ばしての、エスペラント領域における彼の埋もれていた部分の明瞭化をはかり、啄木にも大きな未来があったであろうことを感得し得る一助とした。

このような次第につき、たくさん書いてきた中で構想に直截に嵌るのはそのままで、そうとはならぬところは旧稿を加筆調整して用い、同時に新たに書き起こした。そして、発掘の新資料と人事に関するところを加えて、全体の構成をはかった。主軸は第二章と第三章であるが、その前者には、加筆なしということで「啄木第二詩集の構想――『新弦』から『呼子と口笛』」（東大国語国文学会誌「国語と国文」〔昭和五九年五月〕に所載）をそのまま据えた。一方、後者は章題「拡大せる創作の諸相」に沿わすべく、過去に寄せた諸誌等＝啄木研究関連誌・学燈社の「国文学」・日大内の刊行誌・韓国中央大学校の学術誌「日本研究」等々に掲げた論稿を用い、内容に応じて適宜に綯いあわせての現行化とあいまって、未発表の研究成果（『聖書』の応用関係を含む）を以て組み合わせるなどして、一大特色となさしめた。

——ここへといたるまでには、たくさん方々からご芳情を賜り、有り難かった。足らないところや不備等を含め、今後とも大方諸賢のご教示を仰げれば幸いである。本書の刊行に際して、春陽堂書店編集部の堀郁夫氏に大変お世話になった。感謝あるのみである。

藤澤　全

令和四年二月一日記

【著者略歴】

藤澤 全（ふじさわ・まとし）

1937年北海道生まれ。日本大学卒業。米国イリノイ大学留学（客員研究員）。元日本大学国際関係学部・大学院教授、大学院総合社会情報研究科兼担教授。日本近現代文学・比較文学専攻。日本ペンクラブ会員。博士（国際関係）。
主な著書に、『井上靖『猟銃』の世界――詩と物語の融合絵巻』（大空社出版、2017年）、『井上靖の小説世界――ストーリーテラーの原風景』（勉誠出版、2014年）、『若き日の井上靖研究』（三省堂、1993年）、『詩人井上靖――若き日の叙情と文学の原点』（角川学芸出版、2010年）、『言語文化の諸相』（大空社、2004年）、『Comparative Studies of Yasushi Inoue and Others』（西武出版、2001年）、『日系文学の研究――Japanese Immigrant-Emigrant Literature』（大学教育社、1985年）、『啄木哀果とその時代』（桜楓社、1983年）などがある。

異邦《いほう》と石川啄木《いしかわたくぼく》 ケース・スタディ

2022年　2月28日　初版第1刷　発行

著　者　藤澤　全
発行者　伊藤良則
発行所　株式会社 春陽堂書店
〒103-0027
東京都中央区銀座3-10-9 KEC銀座ビル
電話　03-6264-0855
装　丁　黒田陽子（志岐デザイン事務所）
印刷・製本　小野高速印刷株式会社

ISBN978-4-394-19028-8　C0092